是谁围着篝火在跳舞

王威 著

六书坊

武汉大学出版社
WUHAN UNIVERSITY PRESS

图书在版编目(CIP)数据

是谁围着篝火在跳舞/王威著．—武汉：武汉大学出版社，2014．2
六书坊
ISBN 978-7-307-11571-2

Ⅰ．是…　Ⅱ．王…　Ⅲ．①散文集—中国—当代　②随笔—作品集—中国—当代　Ⅳ．I267

中国版本图书馆 CIP 数据核字(2013)第 210402 号

责任编辑：张　璇　　责任校对：汪欣怡　　版式设计：韩闻锦

出版发行：**武汉大学出版社**　(430072　武昌　珞珈山)
(电子邮件：cbs22@ whu.edu.cn 网址：www.wdp.com.cn)
印刷：武汉市新华印刷有限责任公司
开本：880×1230　1/32　印张：6.875　字数：109 千字　插页：2
版次：2014 年 2 月第 1 版　　2014 年 2 月第 1 次印刷
ISBN 978-7-307-11571-2　　定价：16.00 元

六书坊

目 录

CONTENTS

第一辑　走在他们的时间里

第二辑　流动在墙壁上的深情

目 录
CONTENTS

第三辑　那些或陌生或熟悉的人

第四辑　你离开时的背影

第五辑　寄给时光的信

第一辑 走在他们的时间里

闲坐在露天小咖啡馆里，看那些有着灰色眼睛、蓝色眼睛、褐色眼睛的欧罗巴人从阳台上盛开着一盆盆艳色花朵的居民楼里走出来，然后踩着嶙峋的方石路，走去教堂、学校、广场、宫殿、博物馆、办公楼、体育场……对于我来说，却是一件非常有趣的事情。偶尔，我也会搭乘“叮当叮当”作响的有轨电车去某个西洋建筑里面看看。看着车窗外流动着的异域风情，我的心里会涌起一股遥远的摩登感。

远东面孔

1

第一次出国旅游，是在很久以前的一个冬天，去的是俄罗斯的海参崴，那是一座毗邻黑龙江的远东城市。隔着 N 年的岁月远远望去，曾经触目可见的异域风景大半已经模糊不清了，但当年遇见那些远东面孔时的心情，却奇怪地日渐清晰。曾经清晰的风景，模糊起来；曾经模糊的心情，清晰起来。时间，是这个世界上最诡异莫测的魔术师。

2

我记得那是冬天。我先是从哈尔滨乘夜行火车，一夜颠簸之后，于翌日清晨到达绥芬河市，在绥芬河市转乘汽车，然后中午到达位于中俄边境的布拉戈维申斯克市附近，在那里过海关。

导游是一个二十二三岁的俄罗斯小伙子，不高的个子，鼻尖冻得通红，穿着一身假名牌，中国话说得非常流利。浑身上下洋溢着因职业而特有的机灵，热情，狡黠以及旺盛的精力。他告诉我们，先去吃午餐，午餐后大家可以随意在“戈城”（布拉戈维申斯克的简称）转一转，之后再搭旅游巴士去海参崴。

导游的话让我感到失望，因为原以为是坐火

车去海参崴。我很想看看海参崴火车站。要知道，海参崴不仅是太平洋上的一个不冻港，也是俄罗斯著名的西伯利亚大铁路的终点。西伯利亚大铁路以莫斯科为起点，穿过松树林，跨过乌拉尔山脉，穿越西伯利亚冻土带，横跨 8 个时区 9288 公里后，最终抵达这里。我一直对这条世界上最长的铁路很向往。然而向往它什么呢？沿途的风景？周遭的城市？不，不全是。那是什么呢？是向往一种流浪感？一种冒险感？一种在日复一日与相似日子的间隙当中，偶然闪现出来的理想主义的什么东西？嗯，好像贴近这意思了。

3

就餐的地方与其说是餐厅，倒不如说是工厂食堂，开阔又冷清，清一色木制的地板和木制的长条桌椅。在我曾经去过的欧洲国家的餐厅里，推开门，扑鼻而来的通常是咖啡，刚出炉的烤面包，微甜的番茄沙司，用黄油炒得略糊的蒜末和让人有点眩晕的迷迭香的气息。但记忆中俄罗斯远东城市的餐厅不是这样，是那种混合着红菜汤，伏特加，羊奶酪，加了香叶的酸黄瓜，以及迫人的冷空气的气息。在冬天里，这种气息有着金属般的冰凉质感。

作为一个生活在毗邻俄罗斯的哈尔滨的人来

说，这是我极为熟悉的“西餐”的气息。这种气息瞬间便让我对“远东”这个地方，倍感亲切。

4

午餐后，我们在布拉戈维申斯克市闲逛。布拉戈维申斯克与其说是“市”，说是“县”应该更准确。看着落在小小教堂屋顶上的麻雀，我忽然想起自己的围巾落在餐厅里，就急急地回去取。

餐厅里空空荡荡，只有一个胖胖的俄罗斯大妈正跪在地上，一边大声唱着一首我听不懂但一定不在调上的俄语歌，一边用草根刷子“吭哧吭哧”地刷木质的墙围，她的双手被冷水浸得通红，呢裙一角也完全湿透，但她好像没有感觉，依旧刷得非常用力，刷得一丝不苟，没有半点糊弄应付，也没有半点和谁置气的意思。

接着，她很费劲地站起来，拎着水桶走到餐厅那一边，继续跪在地上，开始用那个草根刷子“吭哧吭哧”地刷地板。冬日午后的阳光穿过绿窗框的窗玻璃落在木制地板上，形成一道一道的光影，她就在这些光影中极其认真地刷着地板。

怎么我会记得这件细小的事？哦，那一定是那位俄罗斯大妈在做这桩“低微”工作时所表现出来的耐心，韧性，认真，以及对于整洁的生活环境发自内心的热爱，才打动了我，悄然嵌在我的记忆中了。

在后来的行程中，我常在公共场所见到那些身材肥胖，却干活儿一丝不苟的俄罗斯老大妈。每每看到她们，我虽然并不想上升到“民族性格”之类的层次，但脑海里一定会出现俄罗斯文学和影视作品中对于“母亲”的那些深情描写，现在也是。

女人有很多种，她们是我敬佩的其中一种。

5

在从戈城去往海参崴的路上，导游一直坐在我身边。我注意到他戴着一条漂亮的银质项链。他打开项链坠给我看，里面是一张女孩儿的小照。女孩看上去很羞涩，黑色卷发，略微上翘的鼻子，鼻翼上是可爱的小雀斑。导游告诉我，这是他的女朋友，名字叫尤利亚，住在新西伯利亚市，他们是在一次校际的交流活动中认识的，两个人打算将来去莫斯科生活。

导游说，那里是大城市。

我说，在大城市生活可不容易。

他说，没关系，我们年轻，并且相爱。这两年当导游我也攒了点钱。

我说，是打算坐火车去莫斯科吗？沿着西伯利亚大铁路？

他说，是啊，到时候我从海参崴上车，她在新西伯利亚火车站上车，然后我们一块儿去莫斯科。

我羡慕地说，真好。

车窗内是导游无比幸福的畅想，而车窗外，则是疾速后退着的乌苏里平原和我飞翔而游离的思绪。

6

我不知道那些生活在中原地带，或是东南沿海的人们拥有怎样的地域心情，但对于我这个一直生活在拥有漫长寒冬和寂寥平原的边境省份的人来说，每到冬天，心中便常有一种苍莽萧瑟之感。当到了一座与之相似的异国的远东城市——海参崴——那片原本属于中国的土地时，这种感觉便显得尤为强烈了。

清政府与沙俄签订的《瑷珲条约》，令中国失去了黑龙江以北、外兴安岭以南约60万平方公里的领土，海参崴便在其中。在戈城去海参崴的途中所看到美丽的乌苏里平原的冬日风光，错落有致的山间别墅，飞逝的白桦林大大的眼睛，以及埋藏在这片平原之下巨大的矿藏，便更加令人陷入深深遗憾中去了……

7

三个半小时后，大巴车抵达俄罗斯远东最大的海滨城市海参崴。这里刚刚下了一场雪，这座远东城市于我来说并无陌生感，车辆疏落，空气清新。有着与我儿时的哈尔滨诸多的相似：相似的建筑，相似的树木，相似的街道，相似的教堂，相似的广场……不相似的，是走在这里的俄国男人、女人和孩子。

站在码头，迎风观看太平洋缓然流淌，一群海鸟在庞大而冰冷的军舰周围啾鸣飞翔，远眺俄罗斯太平洋海军舰队所在地——大俄罗斯岛，作为一个中国人，其时的心情不说也罢。

8

转角处，那个卖格瓦斯的小亭子的屋顶上积满厚厚的白雪，一对充满活力的青年男女正站在亭子前的雪地里，用大号啤酒杯喝着格瓦斯。姑娘穿着一件腰身纤巧，剪裁非常合体的浅灰色呢大衣，黑色高筒靴，眼睛是如湖水般的深蓝色，睫毛纤长而卷曲，头上戴着一顶毛色油润的水獭帽子。小伙子个子很高，穿着一条水磨蓝色的牛仔裤，一件红蓝相间的短款羽绒服。同样拥有无比修长的睫毛和深邃的眼睛。雪后的天空格外清丽明亮，两个人就那样站在明亮的冰天雪地里一边喝着格瓦斯，一边谈着什么，笑着什么，画面像明信片一样美。我记得他们，是因为我第一次知道什么是爱情的神态。

熙攘的市场里，一个长相周正，气质颇像前苏联老电影里的布尔什维克的五十多岁的男人，想买中国商人卖的包。那是一个适合十五六岁小女孩背的包包。“布尔什维克”递给店家210卢布，但卖家坚持卖230卢布，这并非是他的虚报，他们已经僵持很久了。“布尔什维克”目光非常恳切，我能感觉到他是真心想买，而210卢布也应该是他能力范围之内所能支付的最高价钱。

他的目光让我想起一件久远的，与之类似的，父亲与我之间的事情。一瞬间，我很想替他付那多出的20卢布，但终究这个想法是不合时宜的。

我不知道那个长相周正，气质颇像前苏联老电影里的布尔什维克男人，最终是否买到了那个包包，但我直到今日也仍然难忘那个人的目光，那是一个并不富裕，但却希望给予女儿自己能力范围内最好的东西，同时又拥有端正自尊的父亲的目光。

种族不同，国家不同，贫富不同，但天下父亲的心意却是相同的。

9

入住的酒店是森林里的一个小别墅群，是那种林间小木屋。我喜欢小木屋里的壁炉，坐在温暖的壁炉前，一天的冰冷感都消失了，有种想拿着鹅毛笔坐在桌子前写点什么的冲动。

晚上大家一起去酒吧，这世界上无论哪里的酒吧，都弥漫着“矛盾”的喧闹和安静。台上在唱歌，台下在喝酒；台前是迷离，台后是矜持。

一个涂着猩红色唇彩和孔雀蓝指甲油的俄罗斯流莺冷漠地坐在我附近，桌子上放着半瓶波特酒和一只高脚杯。她一边吐着烟圈，一边等待她的猎物。虽然有那么一两个男人过来搭讪，但显然没谈拢。

这时，一只棕色的小鹿犬挣脱主人的怀抱在酒吧里跑来跑去，那是一个中国人刚刚在海参崴买的。小鹿犬跑到我们身边，停下来。那个女人看见小狗，一下子站起来，把小狗抱在怀里。她喃喃地对小狗说着什么，说着说着，我发现她哭了。我问导游，那个女人在说什么？导游说，她在说，宝贝，你要去中国了吗？你能听懂中国人说话吗？你要想家怎么办呢？

……

小鹿犬被主人抱走了，女人又恢复了冷漠。

她坐了一会，走了。半瓶波特酒，一盏高脚杯，一只小鹿犬，涂着猩红色唇彩和孔雀蓝指甲油的俄罗斯流莺，以及，一串眼泪——都消失在软暖的音乐里了。

10

朋友们提议去外面走走，于是我们叫上导游，打了一台出租车。我们没有目的地，就让出租车司机随意开。导游告诉我，明天一早我们去西伯利亚铁路的终点——海参崴火车站。

司机打开收音机，传来一个俄罗斯男主持人略显沙哑的声音。

导游说，是天气预报，明天会有一股新的寒流从西伯利亚过来，要降温了。

我说，是尤利亚的家乡啊。

导游叹了一口气，担心地说，是啊，那地方很冷的。

我向车窗外张望了一下，心里想，这股寒流很快就会穿越中俄边境的，哈尔滨也要降温了。一瞬间，我突然很想思念谁，却不知道思念谁。只好盼着明天快点来，好去看看那条从莫斯科蜿蜒至此的西伯利亚大铁路，以及铁路尽头的海参崴火车站。谁会从莫斯科乘坐这趟火车到海参崴来呢？我无端地期待起来。

夜色渐浓，不远处居民楼的窗子里闪烁着仿佛碎宝石般的零星光亮。这座远东城市被一种巨大的“覆满白雪的空旷”所吞噬。一时间，没有人说话，原本情绪很高的朋友也突然沉默了。于是，出租车便像一尾鱼，划破沉默之海锋利的寒冷，向更幽深的地方游去……

11

很多个冬天过去了，我依然记得异国边境城市，冬夜的寂寥，自己“期待明天”的心情，以及出租车收音机里传出来的俄罗斯男主持人略显沙哑的声音……岁月虽渐渐地流逝了，但记忆却愈发地清晰——哦，远东面孔。一座毗邻黑龙江的远东城市。那是很久以前的冬天了。

两个人的电话亭

我背着旅行包行色匆匆地走在巴黎的夜色里，远处的埃菲尔铁塔在淡青色的夜色中闪耀着神秘的光芒。街上的行人已经很少了。一个穿着银色细高跟鞋的黑人女子，款款摆动着细长的腰肢，挽着她同样黑肤色的恋人，轻盈地从我身边走过。她的连衣裙上缀着金色的葵花，在巴黎的夜色中隐隐闪烁。她的黑色男友侧过头轻轻地吻着恋人的唇，两个人是这样地消失在巴黎的夜色里。

在这座“浪漫”的都市里，我不认识任何一个人。此时的我被深深地笼罩在巴黎陌生的街道之中。这种“陌生感”对于我来说，仿佛一片幽蓝色的神秘大海那样深不可测，仿佛我是一个潜水者，正在这清凉的海底里游着。

不知不觉中我走进一条狭长的铺满方石的小巷。巴黎随处都可以看到这样的方石路。安静的小巷里整齐地停放着各种车辆，没有行人。两侧是古旧的楼，斑驳得像吉普赛人粗粝的手臂。几乎每一家的阳台上都摆放着五颜六色的美丽花朵，这些巴黎的花朵让我想起那些盛开在哈尔滨春日里的大片的紫色丁香花。看到小巷里那个白色电话亭，我决定给远在哈尔滨的母亲打个电话。

我完全不懂法语，在公共电话亭里用巴黎的电话卡打国际长途，不啻是场灾难。电话卡上蹩脚的英语注释让我莫名其妙。焦躁之中，透过电话亭的玻璃门，我看到一个巴黎的中年男子正站在电话亭外面。这个中等个儿的男人穿一件淡蓝色的T恤，牛仔裤微微有些发白。于是，我在电话亭里打着手势，问他是否要打电话，他向我摆摆手，示意我继续打。

我依然搞不懂这电话卡。我向电话亭外扫了一眼，那个男子仍只是站着静静地吸着烟。夜色愈发浓郁了，我不禁紧张起来，挂上听筒打算离开。那个男子见状，将烟头扔到方石路上，然后敲了一下电话亭的门，没等我回答，他就进来拦住我。电话亭立刻变得拥挤起来。

我提高嗓门用英语对他说，您要打电话吗？

他说，不不，我不打。他解释说，我看您好像不太会使用这个电话卡，我想帮您。当然，如果可以的话。

说完，他诚恳地看着我。

我心里暗暗地松了一口气，将电话卡递给他。

他接过电话卡，重新将卡插到入口里。那一瞬间，我嗅到了从他的身上散发出那种浓重的烟草和香水混杂在一起的气息。

电话亭外，偶尔有汽车打开车灯疾驰而过，小巷里间或传来几声小狗的轻吠声。

我告诉他我要打到中国的哈尔滨。他有点惊讶，哦，中国，神秘的东方古国。他一边说，一边嘀嘀哒哒地拨着电话键。几秒钟之后，他把听筒递给我，对我说，好了，您可以直接拨打要打的电话号码了。

我疑惑地问，只拨打我要打的那个号码吗？

他微笑着说，是的，区号我都已经拨过了。

我接过听筒，点头向他表示感谢。

我拨过了家里的电话号码，很快听筒里传来一串的忙音。

巴黎男人关切地问，怎么样？

我沮丧地说，占线。

他说，没关系，我们再等等。接着他又说，您知道，巴黎的长途电话卡的使用说明并不像想象的那么……

他想了想，怎么说呢，那个词——

我说，便捷？

他耸了耸肩膀说，是的，便捷，就是这个词。

这时，从小巷里某家的露台上，传来一首轻柔的钢琴曲。是谁在弹奏呢？是风情万种的巴黎女人，还是像我眼前的这样一位体贴细腻的巴黎男人呢？

他说，这么说您是来自中国？

我说，是的。中国的哈尔滨。

哦，巴黎男人看上去很茫然。

我说，是一座类似法国的阿尔贝维尔那样的城市。

巴黎男人睁大眼睛说，阿尔贝维尔？可以滑

雪的城市？太美了，哈尔滨一定很浪漫。

我说，巴黎也是一座浪漫的城市，全世界的人都想到巴黎来，去看卢浮宫，凯旋门，塞纳河，协和广场，巴黎圣母院，或者坐在香榭丽舍大街上喝杯咖啡。

巴黎男人安静地看着我，似乎很欣赏我说的这番话。

后来，电话终于接通了。

小巷的路灯更加明亮起来，电话亭在方石路上拉出长长的影子，像一幅达利的画。

巴黎男人搓着手对我说，很高兴和您聊天。祝您在巴黎愉快。

谢谢，我说。说着，我从旅行包里拿出一小袋糖递给他，说，这是中国的糖，送给您。

他看上去稍稍有些惊讶，然后快乐地把糖接过去，并取出一颗放到嘴里，然后甜蜜地说，真好吃。

我们走出那条温馨的小巷，在巷子口，我对他说，希望有一天您能去中国的哈尔滨滑雪。

然后，冲他摆手告别。当我回头时，看见他又点燃一支烟，打火机的亮光在小巷尽头倏然一闪，然后，变成一颗玫瑰色的红宝石，向另一条小巷的深处飘去……

我背着旅行包，继续走在巴黎的那如此醉人的夜色里。

下午四点半的佛罗伦萨

很小的时候，在哈尔滨的电影院里看过一场电影，名字叫《泪洒佛罗伦萨》，是部黑白电影。故事情节已经忘记了，只记得电影一开场，镜头缓慢而又温柔地拉开，渐渐的，一个鼻梁高耸的意大利男子出现在画面上，他看上去有些孤独，一个人寂寥地坐在雕花的露天长椅上，怅然望着远方。因为有一只手搭在椅背上，所以西服的右胸口微微有些侧鼓，露出一小片熨烫挺括的白色衬衫。他的手瘦削修长，深陷的眼眸里流露出清澈的忧郁，是那种没有爱情的男人的眼神。大约是接近黄昏的缘故，画面看上去有些湿润，好像刚刚下了一场浓浓的密雨。

一个女人走进来，她穿开领的套装，短衣长裤，仿19世纪贵族狩猎装的风格，野性中又带点休闲的味道，腰身很窄，衬托出女人曼妙的身姿。一双无带高跟鞋，露出白皙的脚踝，雨雾中，皮制的鞋子充满温暖的质感，雨珠在鞋面上轻盈跳跃。女人的头发非常浓密，那头发的颜色或许是栗色的。她手里拿着一支长颈的缀满水珠的玫瑰，漫不经心地从男人身边走过。于是，爱情开始了。

投影机的光柱伴随胶片的咔哒声，打在黑白色的屏幕上。莫名的，我非常难过，我爱上了佛罗伦萨雨后湿润的黄昏。

梦想和现实有多远的距离？哈尔滨到佛罗伦萨的路程我要走多久？“蓝色时光”香水里的蝴

蝶兰和天芥草是不是我现实生活的风景？很久以前，就有人开始叫我“职业女性”了。仲春时节，母亲正在晾晒一家人的被子。温暖的春风里，棉被散发着阳光的味道，哈尔滨漫长的冬天过去了。我决定去佛罗伦萨，我想低下头，在午后湿润的空气里亲吻一下佛罗伦萨的花朵和青草。

飞机真是不可思议的交通工具，八小时之后，这只神奇的大鸟带我离开家乡，降落在这里。我甚至爱上了那班飞机的飞行员，尽管我从未见过他，以后也可能不会再见，无意之中，他却让我梦想成真。英语，法语，意大利语，西班牙语，甚至阿拉伯语，此起彼伏地充斥在这个不知名的欧洲小广场上。

那的确是个不大的广场，甚至连一个足球场的一半都不到呢。周围散落着几把雕花的铁艺长椅，这里有电影里那个男人坐过的椅子吗？我无从知道。电影里的场景是不是这里，我也不知道。只有一座暗红色的钟楼耸立在广场的正面，钟楼大约有四层楼高，仿佛一个古老的欧洲城堡的管家，神情端庄地迎接这些离家万里，或为生计，或为爱情，或为理想，或为享乐而匆忙走在异国方石路上的黑种人，白种人和黄种人。就在你身边，黑人充满激情地击打着非洲小鼓，饰着粗粝金属指环的黑色手指在鼓面上小鹿般快乐地舞蹈。远处，偶尔会传来小提琴的声音，若有若无地跳跃在湿润静谧的空气里。正在散步的鸽群，忽拉拉冲向淡蓝色的天空，衬着远处飘来的刚刚端上桌的意大利咖啡的香味，在钟楼的身边翩跹盘旋。坐在我身边的那个四十多岁，穿猩红色纱丽的印度女人终于起身离开了，她身上散发出来的莎丽玛香水的味道久久不散。我一个人独自坐在那儿，只一会儿，就有些微微的凉意。这便是痴情才子徐志摩笔下的翡冷翠，我梦想中的佛罗伦萨吗？电影里那个忧郁男人和女人呢？

遐思之余，我突然发现我的同伴们沸腾起来。是啊，我竟然没有注意到在广场的周围，还有几家意大利皮具店。我们这些人坐了八个小时的飞机，飞越西伯利亚，高加索，阿尔卑斯山，以及若干大大小小的叫不上名的东方的西方的亚洲的欧洲的河流，沙漠，城市，乡村，街道，干什么来了？仅仅是为了感受发生在佛罗伦萨的爱情故事吗？是为了体验欧洲浪漫的城市文化吗？还是为了见识当地人彬彬有礼的风采？或许是，或许也不全是。事实上很多人来这里是为了给亲朋好友买个正宗的意大利真皮腰带，真皮皮鞋，真皮钱包！现在真皮制品近在眼前，那就不要矜持了，买吧！整个旅游团的人都激动地扑在“真皮”上，疯狂地抢购着。台湾导游乐得像朵盛开的狗尾巴花，他站在收银台旁边，祥林嫂似的没完没了地对那个丰满的意大利女孩说：“大陆人好可爱哦，酱子（这样子）好高兴哦。”就好像那女孩能听懂中国话似的。

那个穿着明黄色西装，看上去既优雅又整洁的意大利老板躲在角落里，叼着深褐色的烟斗，有些吃惊地注视着我们。看得出，他被中国人亢奋的购买力弄糊涂了。我同团的一个瘦得如竹竿一般的女人，买了四双皮鞋和五六个钱包，还给尚在幼儿园的儿子买了两条腰带。多年来，我对品牌和品位的理解，在她的一兜子“真皮”面前土崩瓦解。我难以忘怀的，缠绵固结的浪漫电影《泪洒佛罗伦萨》，突然显得那样苍白无力，不合时宜。

走出皮具店，我买了一个蛋卷冰淇淋。坐在长椅上看看佛罗伦萨的风景吧。冰淇淋充满牛奶的香气，甜丝丝的，让人高兴。

远远的，竹竿女人突然着急地向我挥起手，她大嗓门地喊着：“快来，快来，他不让我走。”我急急地过去。叼烟斗的意大利老板正和竹竿女人打着手势诚恳地说着什么。女人气愤地对我说：“小王，你快告诉他我就不买那件皮大衣。他咋劝我也没用。”

多年以来，我都不知道，自己学习英语是为了什么？现在知道了，就为了现在让这女人不买皮大衣！于是我认真地对这个穿着明黄色西装，叼烟斗的意大利老板说，这位女士不想买你的皮大衣。对方惊讶地看着我，他吐掉烟嘴认真地说，我没让她买啊，我只是想请她到街角的露天咖啡店喝一杯咖啡。

天呢，我的英语听力怎么差到这种程度，人家一直都在说皮大衣的事儿，我怎么能听成是请喝咖啡呢，这太让人痛苦了。我满脑子想的都是什么啊？这简直就是典型的市民型小布尔乔亚，整天就是什么咖啡啊，香水啊，法语歌曲啊，西蒙娜波夫瓦啊，集体无意识啊，那西西斯情结啊，唯上智与下愚不移也啊，见到领导就毕恭毕敬啊，全是扯淡！一点不管用！

自责片刻，冷静了一下，我继续问，请问，您确定说的是，想请她喝杯咖啡吗？和皮大衣无关？意大利老板就像恋爱中的傻小子，一迭声地回答，是啊，是啊，是啊。

听了我的翻译，女人愣了一下，然后飞快地说，告诉他，那皮大衣我就是不买，请喝啥也白扯！意大利老板痛苦地拍起了脑门，他说，我没让她买皮大衣，就是想请她喝杯咖啡。她太美了，简直就是东方的维纳斯。MY GOD！

我真的被西方人的审美眼光弄晕了，从哪个角度讲，这个单眼皮、小眼睛、颧骨颇高的竹竿女人，在中国任何一个省份都丁点算不上美女，但他却说她是维纳斯！

维纳斯是啥意思？女人有点惊讶。我说，就

是说，你太漂亮了，他被你的美丽震撼了。意大利老板不断用又捂胸口又耸双肩的各种洋派动作附和我的翻译，并且不停地说，如果不能和这位漂亮的女士在一起喝杯咖啡，会终生遗憾。瞅瞅人家洋人，夸起女人来简直既不遗余力又太不像话。

竹竿女人突然羞涩起来，她红着脸用眼角扫着意大利老板，忸怩了半天终于说，还是不去了吧。你告诉他，就说我老公不让。意大利老板好像听懂了女人的意思，他急切地说，看看佛罗伦萨午后的景色：飞翔的鸽子，悠扬的小提琴声，湿润的空气，多么令人陶醉呀。如果我能和维纳斯在街角的露天咖啡馆喝杯卡普奇诺，那我的人生该有多完美。

纠缠之中，我有些晕头转向。街角咖啡店轻轻传来马斯垂克特沙龙大乐队演奏的《杜西里小夜曲》，我借故打电话，飞也似的逃离了意大利老板和东方维纳斯的咖啡官司。广场上的大钟清脆地敲响，现在正是佛罗伦萨时间下午四点半。不知不觉中，天空中下起了牛毛细雨，佛罗伦萨在水雾中神秘地微笑。电影里的长颈玫瑰又开始缀满水珠了吧？电影的情节究竟是什么呢？我看的那个电影是《泪洒佛罗伦萨》吗？然而现在，这一切似乎都不重要了。Shall we have a cup of coffee?（我们能喝杯咖啡吗）。充满浓重意大利腔调的英语，渐渐消逝在异国浪漫的黄昏里。

十几分钟后，雨便停了，我们离开了佛罗伦萨这个不知名的小广场，一路上，竹竿女人默默无语。

已是将近晚上七点的时间了，和哈尔滨相比，佛罗伦萨的夜显得有些姗姗来迟。坐上大巴车，远远望去，斜阳衬着淡淡的晚霞射出万丈光芒，把整个佛罗伦萨城染成了一块巨大的翡翠。

车里很安静，很多人都睡着了。是啊，这样疲倦地奔波在欧洲的各个商店里，怎么能不累呢？我不知道，那个令我莫名忧伤的爱情电影，会在街角的露天咖啡店偶尔被人用意大利语谈起吗？佛罗伦萨的静夜里，穿着明黄色西装的意大利老板会梦见他的东方维纳斯吗？回到国内，竹竿女人是否会大笑着，向朋友讲述自己的佛罗伦萨“艳遇”？炫耀之余，她会有些淡淡的惆怅吧？疲惫不堪的同伴们，也应该一进家门，就兴奋地给家人分发各种真皮礼物吧？还有什么比看到家人幸福的笑容更让人惬意和满足的事情呢？而我，也终于发现，我的梦想和现实其实并不远，它们之间只有八小时。

毕竟，佛罗伦萨之行，在每一个人的一生中都是无限甜蜜的回忆啊。

伯尔尼在下雨

穿过阿勒河上的尼德格桥，继续向前走，只需几分钟，我便站在瑞士的首都，伯尔尼的克拉姆大街上了。今天是2012年的中秋节。

中秋节，自然是仙子嫦娥一年中最热闹、最光彩的日子；是凡世中人与亲人把酒言欢，愉快团聚的日子；也一定是恋人们费尽心思让对方感受到自己柔情心意的日子。

而此时，我，一个来自遥远东方的女子，却正走在伯尔尼克拉姆大街黄昏的微雨里。瑞士之行，原本不在我的计划之内，但“我的生活”从来不按“我的计划”进行。命运女神在我的眼里，便因此显得异常妖娆多姿，深不可测了。

这是一条由一块块巴掌大的方石铺成的古老而宽阔的街道。街道中间有一带长长的下水管道，走在这条街上，会听到淙淙的流水声。

管道之上，每隔数米便有一座彩色的喷泉雕塑，每座雕塑的人物都来自于瑞士民间的某个传说，某部神话或是某一段历史。虽然这些故事所具有的经典感要甚于雕塑本身的艺术魅力，但若与其他城市的雕塑相比，克拉姆大街上的雕塑无疑具有令人难忘的鲜妍风韵。

两侧的小楼各自蔓延至街道尽头，有很古朴和狭长的廊柱，据说它们始建于中世纪。廊柱内多为店铺：珠宝店，时装店，钟表店，工艺品店，巧克力店，咖啡店——那些漂亮的钟表，服装，鞋子，工艺品，优雅澄净地静默在橱窗里。

行色匆匆的当地人从我身边走过，说着我完全听不懂的，发音有些“硬”的德语。一位背着个小婴儿的中年男人，在喷泉雕塑那洗手，小婴儿有一张胖嘟嘟的脸和一双潮乎乎的大眼睛，她穿着粉色的雨衣，趴在父亲的背上，好奇地看着这条街道。他们父女俩是从哪里走到克拉姆大街的呢？又要从这里走向何处？

我的心里对于这条街蓦然升起一种来自于遥远过去，来自于亘古蛮荒的似曾相识感。仿佛爱情一般，虽然我俩刚刚相识，但我确信我们以前就认识，就相爱过。我想，在我某个另外时空的生命旅程里，我曾经来过这条街。没错，一定来过。

那一瞬间，我很想在这条街上拍摄一支舞蹈：一个姑娘，不用太漂亮，但要有宽阔光洁的额头，修长的颈，如红草莓一般的嘴唇，以及平易高贵的神情。着飘逸的长裙，裙子不要白色，两侧古旧的建筑若用白色来配，会显苍凉，我不喜欢苍凉，我要淡淡的青绿色。

女孩以芭蕾舞的姿态，放下脚尖，跳伊莎多拉·邓肯的舞蹈。我喜欢邓肯放下脚尖跳舞的理论，放下脚尖，就意味着放下束缚。我要这个女孩轻盈地在街道上，在廊柱间，在咖啡馆前，在橱窗里，在屋顶上——自由自在地舞蹈，无所顾忌而又优美地展示自己的绰约风姿，感谢上天赐予我们的金色年华。

“中世纪”——这个过去听起来有些黑暗惨烈的词汇，现在却在我的心里因克拉姆大街上的这个舞者而变得清朗柔媚和顺静谧起来。

渐次稠密的雨，让这条街漫起新鲜的潮湿味道。抬头望去，小露台上摆放着许多不知名的盆栽鲜花，那些花朵在雨中自在盛开——姹紫嫣红，怡然动人。

走进一家商店，我想买一个带有伯尔尼标志的冰箱贴。店主是位有些驼背的老太太，她热情而慈祥的神态让我突然很想告诉她，今天是中国的中秋节，是中国人非常浪漫、非常温暖的合家团聚的节日，但转而又觉得自己的想法有些可笑和唐突，便道谢后，拿着冰箱贴推门离开了这家小店。

雨，安静地落在十一座漂亮的喷泉雕塑上，落在克拉姆大街尽头的那座建于十六世纪的钟楼上。现在是伯尔尼时间晚上 5 点。一个金色的小机器人从钟盘里跳出来，用力用锤子敲打头上的钟，一个“时间老人”，一只公鸡，一只小熊走马灯似的鱼贯而出。这是一只古老的钟表，据说，数百年来从未差过一分钟，它以这种欢快幽默的方式守护着克拉姆大街的前世今生。

透过雨雾，我看见那个有些驼背的伯尔尼老太太在玻璃门里挂上了“闭店”的小牌子。她整理了一下那个小牌子，又向门外张望了一下，然后便转身走进自家店铺的阴影里。

就要离开克拉姆大街了，我拿出一枚硬币，用力抛向空中，那枚硬币在雨丝中旋转着落到方石路上，那是我与一条街默然相爱、寂然欢喜的依依之情。

如果有一天，你无意中走到了瑞士伯尔尼的克拉姆大街，欢愉之中，偶然在某个角落里看见一枚沾满灰尘的中国硬币。那是我，一个你所不认识的，来自于中国东北的女子在2012年中秋节的心情。这枚硬币虽然不及你已拥有幸运的万分之一，但却凝有我对生命的理解，活着的意义就是——爱，自由和希望。

2012年的中秋节，伯尔尼在下雨。

你那里，下雨了吗？

船屋 黑色郁金香和橱窗里的女人

——阿姆斯特丹之旅

当旅游大巴车开始向阿姆斯特丹行驶的时候，细小的雨点便飘然而落了。于是，车窗外那缓缓行走在翠绿田野之上的花奶牛；远处徐徐转动着的巨大风车；掩映在高大树丛之中若隐若现的红色小教堂，以及英勇的荷兰人民从大海那里争夺到的肥沃土地，就被小雨那样深情地拥入怀中了。

车厢内，中年台湾导游不断给我们讲着各种黄色笑话，尽管他的笑话总是“幽默未遂”，但这并没有影响到他愉快的心情，他兀自前仰后合地大笑着。突然，他的笑声在最高音戛然而止，停顿了几秒钟之后，正色地对我们这群因为“追尾”他的笑声而面面相觑的游客说道：“没错！荷兰就是这样子一个美丽的郁金香之国，奶酪之国，风车和木鞋之国。特别是她的首都阿姆斯特丹，是全世界吸毒者的天堂！同性恋的天堂！男人的天堂！”

导游一系列铿锵有力的排比句，特别是最后那句“男人的天堂！”非常具有诱惑力。车厢里开始涌动起一种无法抑制却又必须不动声色的缕缕春思，那缕缕春思仿佛潜在麻色湿布下的新鲜芽菜，水灵灵白嫩嫩地蜿蜒在艳色的搪瓷盆里。

车厢外，一只黑羽毛白肚皮的小燕子擦着大巴车的后视镜疾速而过，褐色短发的小个子意大利司机像下决心要追赶它，油门一轰，蓝白相间的大巴车便无限急迫，无限喜悦地飞去那男人的天堂——荷兰首都阿姆斯特丹。

比之“男人的天堂”，我则更想看到黑色的郁金香。女人都是爱花的，又何况是在郁金香的故乡，可是花儿都在哪呢？它仅仅是盛开在导游所说的库肯霍夫花园里吗？

细雨倏然而逝，一弯七色彩虹悬于异域湛蓝色的天边，阿姆斯特丹到了。从车窗向外望去，这座城市里到处都是波光粼粼的运河，运河之上纵横交织着千余座小巧的桥梁。河岸边错落有致地停靠着或翠蓝、或亮紫、或赭红的宛若火车车厢似的“船”。几乎每座“船”的甲板上都摆有一盆盆盛开的鲜花，远远望去，酥润油亮，灿然锦色。当地人称这些“船”为“船屋”，一些阿姆斯特丹居民就是以“船屋”为家的，昔日海上霸主的后代便是以今时这般浪漫悠然的方式生活在静谧的流水之上。

我下了车子，走进阿姆斯特丹灿烂的阳光里，走进叮当作响的有轨电车长长的影子里，走进迎面而来的白种人的微笑里。那些陌生的语言，陌生的面孔和陌生的风景，让我这个东方女子觉得此时的自己仿佛是一个透明的精灵，正无限轻盈地飞翔在这座浮于碧波之上的欧洲城市里。

狭窄的方石小街上，是一幢幢比肩而立的三

四层高，仿佛玩具一般砖红色，深灰色和深褐色相间的尖顶小房子。这些可爱的小房子的墙壁上，露台上，到处都盛着锦色的花儿，那些不知名的花儿丝丝缕缕垂落下来，在异国的雨后微风中荡荡停停。

这一幢居民楼里，一个梳银色卷发，穿长袖碎花上衣的欧洲老妇人正从楼上窗子里吊下一只柳编的篮子，楼下斜跨着自行车，在等待的黄发小伙子麻利地往篮子里放进去几个圆面包，然后他向那个老妇人俏皮地说了句什么，就脆响着车铃和一群年轻人飞也似的远去了。

那一条街的露天咖啡馆里，扎着白围裙的高大的荷兰女招待托着餐盘熟练地穿梭在咖啡座之间，时有男人和女人愉快的笑声和着咖啡的香气逶迤传来。

一个工艺品店里，中年的荷兰男人正在低头认真擦拭着自家的柜台，金色的阳光跳跃在那幅挂在墙壁上的维米尔画作《倒牛奶的女仆人》上。

此时的阿姆斯特丹就像一幅艳丽的西人风俗画，充满鲜活生动的平民气息。

天气炎热起来，一群灰色的鸽子呼啦啦地从球迷队伍的头顶飞过，它们收起翅膀，栖在一座教堂金色的屋顶上。我想，若把教堂比做女人，阿姆斯特丹的教堂便是最谦逊和蔼，娴静幽雅的那一种。即使是阿姆斯特丹最高的建筑，著名的西教堂亦是如此。上帝在阿姆斯特丹的房子是温和平静，亲切自然的，并不像我后来所看到其他欧式教堂那样或凛然神圣，或富丽堂皇，让人屏息敛气，心生敬畏。

继续向前走，几步之遥，便是达姆广场了，三十万块整齐的砖石，如流水般在眼前层层荡开。达姆广场位于阿姆斯特丹市的正中央，是市区最繁忙的地区，西面便是著名的荷兰王宫。我买了一种类似中国煎饼样的荷兰小吃，坐在广场上一个人吃起来。煎饼的牛奶味很足，甜丝丝软绵绵地在口腔里来回萦绕。

广场上有很多人在晒太阳，有乞丐全身刷满金粉，扮做小天使在乞讨，几个穿着民族服装的外蒙古国人在演奏一曲不熟悉的蒙古乐曲，各种各样的人在广场上穿梭往来。

一个棕色肤色的小商贩向我兜售凡·高的画作《星空》。他非常有趣地冲我唱着："Starry starry night……"

我笑着拒绝了，小商贩耸了耸肩膀，嘟囔着走开了。这时，一个大约四十岁，穿着紧身的赛手服装，头上扣着红黄相间安全帽的阿姆斯特丹男人骑着自行车向广场这边狂奔而来。他的身材匀称瘦削，腿上的肌肉像用红酒做的风干兔子肉，绷得紧紧的。这个男人停下车，用力擦了一把汗之后，便"哐"的一声把自行车扔到广场一边，然后双手背后，旁若无人地做了数十个下蹲动作，接着又汗流浃背地做了几个俯卧撑，我还没反应过来，他已经骑着自行车忙不迭地远去了，和他头上那顶红黄相间的小帽子一起，一颠一颠地消失在阳光里。

夜色降临，蓝白相间的大巴车终于驶去位于阿姆斯特丹运河岸边的红灯区了。不去感受一下异域的暖玉温香，撩人春色，怕是有枉此行的。

那个中年的台湾导游殷勤地领着一群男人去成人秀场。我也跟着他们下了车，一个人走在异国的花街上，走在阿姆斯特丹饱胀着情欲的空气里，耳边是放浪的大笑和喧嚣的叫喊。有面露奇异微笑的男人和女人从咖啡店里走出来，那并不是单纯的咖啡店，是卖毒品的地方。荷兰法律允许在一定范围内出售大麻类的软性毒品，但海洛因之类的硬毒品是绝对禁止的。

比肩而立的橱窗里站着一个个穿着三点式服装的流莺，她们正在等待着男人们的挑选。一个瘦削的黑人女子叉着腰，一动不动地站在橱窗里，短短的卷发和厚厚的嘴唇上有金粉的光泽在闪烁，好像一个假人。而站在她隔壁的，则是一个满头金发的东欧女子，那女子的身体肥白臃肿，仿佛一只汁液丰盈、柔软欲腐的水蜜桃。

我沿着运河继续向前走，在一张贴着巨幅色情海报的房门前，炫色的灯箱下，一个无上装的白种女人媚眼流动地侧身倚在门口，她正在和一个二十出头的，看上去很羞涩的小伙子交谈着什么。小伙子有一双潮乎乎的大眼睛，他好像刚刚受到某种失意爱情的打击。那个女人的手里拿着一支黑色的花朵，我蓦然发现，那黑色的花朵便是我一直想看到的黑色郁金香！

片刻的交流之后，无上装的白种女人把那支黑色郁金香斜咬在嘴上，熟练地把犹豫踌躇的小伙子拉进大门。我并没有想到，我梦想见到的黑色郁金香竟然是以如此场景出现。多年之后，我还记得那个小伙子纯净而伤心的眼睛，以及那支斜咬在烈艳红唇之上的黑色郁金香。

我年轻的心突然有些难过，借用“十分钟年华老去”这句话，大抵可以形容我当时的心情。天色完全暗下来了，栖息在运河里的白天鹅正在交颈而眠，运河上的灯光闪闪烁烁，直至天边……

我回到大巴车上，那个中年的台湾导游早已独自从成人秀场里回来了，他一改清晨的兴奋，非常冷静地坐在车门口的座位上，这让我感到有点意外。车门开着，我们几个老弱妇孺坐在车上等待其他游客，没有人说话，车厢里非常安静，只偶尔有轻咳声传来。

导游从上衣口袋里掏出一只银灰色的钢质打火机，“啪”的一声点燃一支香烟，烟头忽明忽暗，若隐若无。他就那样一边独自吸着烟，一边默默地看着窗外。我顺着他的视线向外看去，月色灯火中的阿姆斯特丹，仿佛一朵通体闪烁着橙金色光芒的恶之花，正无限诡异，无限魅惑地旋转在一望无际，神秘幽蓝的大西洋上——

教堂　红色樱桃和忧郁的男人

——赫尔辛基之旅

现在是赫尔辛基时间下午 3 点 40 分，北京时间应该是晚上八点多钟了。是啊，因为某种科学而理性的时间划分，我的生命从“时差”的角度上来说，有趣地“多”出五个小时。也就是说，我需要在赫尔辛基的土地上“重新度过”我生命中“刚刚逝去”的五小时。此时的我，好像科幻电影当中无意倒转了“时空轮”的孩童，“呼”地一下穿越时空的隧道，须臾间，便站在异国的时空中。

走出机场，赫尔辛基清冷的薄雾夹杂着咖啡的焦香直入我的鼻腔，空气中流动着浓浓的雨意。周围是疾步而走的各色人群，纷乱的脚步下到处都是被随意丢弃的烟头。

来接我们的大巴车司机是个小个子的中年意大利男人，短短的褐色卷发，干瘦，穿一件短款紧身的黑色皮夹克，一条皱皱巴巴的水磨蓝牛仔裤，脚上的皮鞋却擦得锃亮。此时，他正靠在车门边吸烟，见到我们，他猛吸了几口手中的香烟后，迅速扔掉烟头，麻利地开始帮我们摆放行李。烟头在灰色的方石路上燃着丝丝缕缕微弱的红光。

大巴车平稳地行驶在北纬六十度的芬兰首都赫尔辛基。沿途两侧到处都是青绿的树木，那些茂密的林木因为阴天而呈现出一种非常神秘虚幻的氛围，好像就算此时突然看到有拿着银亮魔杖的北欧仙女，从城市的上空轻盈飞过，洒下点点星光也并不奇怪。

我们一行人经过许久的飞行，的确是有些疲倦了，因此当车子已经驶入赫尔辛基著名的曼内海姆大街时，并没有引起大家太多的注意。

曼内海姆大街在赫尔辛基的地位大抵相当于北京的长安大街，是这座城市最主要的街道。芬兰的国会大厦，邮政大楼，国家歌剧院等建筑都在这条街上。尽管如此，我仍然觉得这条街上大半的建筑都缺乏灵气，看上去中规中矩，尽管偶有佳品，但就整体而言，还是非常保守，像俄罗斯的某些边境城市。

我们入住的小旅馆位于具有折衷主义风格的赫尔辛基火车站附近。芬兰导演阿基·考里斯马基有一部电影，名字叫做《The man without a past》，电影的开头便是一个中年男人坐在从赫尔辛基火车站出发的火车，开始他人生一段不寻常的“失忆”旅程。长久以来，阿基·考里斯马基的这部与赫尔辛基火车站有关的“男人的故事”一直让我很难忘……有时候，我也会想，如果一个人真的失去了对旧日的记忆，一切都重新开始，究竟是好事还是坏事呢？我不知道答案。

……

因为有“择床”的毛病，所以尽管已经是北

京时间凌晨两点多钟了，我却仍然辗转反侧，无法入眠。

我只好坐起来打开电视，屏幕上一个芬兰男歌手正站在一束钢蓝色的灯光下幽幽地唱着歌子，我完全听不懂他在唱什么。只是觉得这些歌的发音听起来很像俄语。据说，芬兰人的先祖来自伏尔加河流域，这或许是他们的语言有相似之处的原因吧。那个芬兰男歌手非常深沉地在北纬 60 度的清冷静夜里，一首接一首地唱着歌，他究竟在唱些什么呢？

窗外，昏黄的路灯下，一辆车子打着雾灯疾驰而过，灯影在窗子上倏然即逝。有白色晶亮的东西顺着窗户蜿蜒而下，哦，那是北欧城市赫尔辛基五月缠绵的夜雨。

……

除了咖啡，早餐几乎全部是冰冷的。游客们一边轻声咀嚼那些充满橄榄油味道的北欧食物，一边用眼角的余光扫视着周围的人，生怕自己拿错了刀叉，或是哪个动作弄错了，招致笑话。尽管“在菜肴上浇上由欧洲某地鲜榨的上品橄榄油”这类话听起来有某种“洋派的时尚感”，但遗憾的是，这些菜却完全不合乎我的胃口。

我站起来拿着旅行杯走去服务台，一个眼泡肿大，目光空洞，皮肤白得仿佛上等精粉蒸的馒头一样的男服务员正站在那里。他的身材那样健壮魁梧，仿佛只要哨声一响，他就能立刻扔掉抹布，扯碎衣服，撕开人群，奔至赛场，横冲直撞地打起冰球来。

我“比比划划”地请他给我泡杯热茶，要知道，在这样清冷的天气里旅行，随时可以喝上一口热茶，会是一件相当舒适的事情呢。“上等精粉”很快就明白了我的意思，他烧开一壶热水，小心翼翼又有些羞涩地把热水倒进我的旅行杯里。我微笑着向他致谢，看着杯子里片片飘转沉浮的褐色茶叶，我像美国电影《春风化雨》里的罗宾威廉姆斯那样，意味深长又信心笃定地在心里对自己说“Seize the day”（享受当下）。我那时还很年轻，常常喜欢把自己的语言和行为装扮得非常“时髦老练”的样子。

……

推开旅馆的旋转大门，抬头看，天空依旧阴郁，怕是还要下雨啊。小个子的意大利司机早已在大巴车前一边吸烟一边等待着我们，他的头发在晨风中显得有些凌乱，但脚上的皮鞋却照例被擦得锃亮。

蓝白相间的大巴车徐徐启动了，它非常柔和地，匀速行驶在赫尔辛基斑驳而光滑的灰色方石路上，那些高大健壮的北欧男人和肘臂浑圆的北欧女人在大巴车的后视镜里渐行渐远，渐渐缩成一个银色的小点……

大巴车穿过一条弥漫着咖啡香味的石头街巷，透过一家狭长的咖啡馆的玻璃窗，一个中年的芬兰男人正坐在里面。那男人穿一件猩红色的套头绒线衣，外罩灰色夹克衫。一手用勺子搅动咖啡，另一只托着下巴若有所思，他旁边的座位空荡荡的，他是在等候谁吗？或许是，或许不是，但是不管怎样，女人常常会对看上去有些忧郁和孤独的男人心存怜爱，我当然也不例外。

……

大巴车慢慢停下来，车门打开，一股潮湿夹带着生腥的气息迎面而来，南码头市场到了，我欣欣然下了车。和世界上所有的杂货市场一样，位于波罗的海附近的南码头市场热闹而忙碌，方石路两侧一方方比肩而立的摊位上，琳琅满目地摆着各种商品：一块块新鲜的淡红色三文鱼肉，一个个深绿色的西兰花，一根根粉红溜尖儿的胡萝卜，一条条黑紫色的茄子，一堆堆黄色红色绿色的大辣椒，整头的大蒜，整条的狐狸皮，整箱的日用品，整幅的五颜六色织满各式花纹的挂毯，以及插在塑料水桶里整束整束的艳丽花朵……犹豫了一下，只买了一束白色的铃兰花。

一边吸烟，一边在挑选芬兰刀的小个子意大

利司机看到我手里的那束白色铃兰花，冲我笑了一下，露出一排被烟草熏得焦黄的牙齿。

水果摊上，一个穿粉色衣服，年龄大约十六七岁的芬兰小姑娘在卖樱桃，黑红色肥硕圆润的樱桃衬着小姑娘浅蓝色的大眼睛，看上去非常诱惑。我买了一大包，丢一颗到嘴里，牙齿轻轻一咬，樱桃便溢出柔软而甜蜜的汁液，甜得仿佛爱情中人的梦。

不远处的波罗的海清波荡漾，薄雾微含。我走去她身边，弯下腰，掬起一捧海水，洗了把脸，清冷的海水顺着指缝蹦跳而落，刹那间，我的头脑变得异常清醒。没错！我现在的确是正站在色彩淡雅的芬兰首都赫尔辛基，站在美丽的波罗的海之滨，我在看在海空之上鸣叫飞翔的海鸥，看刚刚起锚的巨大的豪华轮船，看各个长得都仿佛是《越狱》里男主角的帅气船员……

我的心突然无端地激动起来，像似喝了一大口用霜过的玻璃杯子盛着的，里面浸着雪亮冰块和琥珀色柠檬薄片的伏特加。

抬起头，远远的，那座有着希腊神殿式的白色柱廊和醒目的青铜圆顶的赫尔辛基大教堂高高地耸立在上百级的阶梯上。无论身处市区的哪一个角落，都可以看见赫尔辛基大教堂沉稳的身影，它慈爱沉静，不动声色地温暖着世世代代赫尔辛基人的灵魂，它是赫尔辛基人的骄傲。无论走去哪里，赫尔辛基人的生命里都有这座教堂的影子以及回荡在其上空那悠远的钟声。这种浪漫的民族主义情结，让原本在欧洲教堂中并非十分出色的赫尔辛基大教堂，在赫尔辛基当地充满了一种无可比拟的崇高与神圣。

……

穿破赫尔辛基五月的薄雾，褐色短发的小个子意大利司机，开着蓝白相间的大巴车，满载着我们这群来自遥远东方的黄皮肤游客，在这座一到冬天，就漫天飞舞着大雪的洁白之城那银灰色的方石路上一路前行。大巴车在芬兰音乐家西贝柳斯雕塑的注视下，在岩石大教堂悠扬的管风琴的伴奏下，驶过古老的赫尔辛基大学，驶过状若城堡的国家博物馆，驶过阿托芬设计的芬兰大厦，驶过我这个普通中国女人的赫尔辛基之梦——很快，黄昏便来了。

回程的路上，天空下起小雨来。商业区街巷两侧店铺的橱窗里透出温暖的橘色灯光。我们又路过那个狭长的咖啡馆，那个男人，那个脸部轮廓仿佛版画般的赫尔辛基男人，依旧一边喝着咖啡，一边若有所思地独坐着，他旁边的座位照例是空荡荡的。或许他等的人终究是没有来，或许他天生就是如此忧郁的人。要知道，生活在寒冷地区居民的性格大都是含蓄而内敛的。特别是像芬兰这样全境有四分之一的地区在北极圈以内的国家，漫长寒冷的冬季常常让当地居民变得沉默而忧伤。

尽管如此，那个忧郁的赫尔辛基男人还是让人感觉时间好像停止了，他怎么能一个人在咖啡馆坐了那么久？我甚至开始怀疑这大半天的行程不过是自己对赫尔辛基的美丽想象——

蓝白相间的大巴车又停在小旅馆门前了。雨越下越大，一波一波泼到窗户上，雨中的赫尔辛基越发迷蒙起来，甚至看不清楚了。我把那束润着雨雾的铃兰花插在宾馆房间的玻璃杯子里，白色的铃兰花晕着台灯，闪烁着温润的光泽。

我知道，我带不走它——

第二辑　流动在墙壁上的深情

在我曾经如春日溪水般逝去的流年里，我走过很多地方，见过很多风景。虽是行色匆匆，未及品其芳泽，便必须转身离去。但它们带给我的那些深情，却如一幅幅浪漫而斑斓的油画，凝固在我人生长廊雪白的墙壁上。

开往南山寺的小巴

多年前，三亚仅仅还是南海边上的一座县级市，既无国际范儿，也不知名，甚至有些蛮荒。在这座小县城里，你几乎看不到公交大客车。当地人出行，主要是靠那种类似三轮车的风采车，或是摩托车之类的交通工具。当然，也有人骑马。我就经常看到戴着大斗笠，穿着民族服装的当地妇女骑着高头大马，溜溜达达，非常悠闲地走在两侧植满椰子树的热带小路上。那场景真是惬意又梦幻。

我总是站在解放路某一街口那儿等小巴车，然后乘坐它去南山寺。三亚的小巴车多半都是用来跑长途的。从红港市场出发到南山寺就是其中的一条长途路线。哦，长途。对于三亚这座小城来说，从市区去南山寺还真算得上是“长途”呢。

那些开往南山寺的小巴都很破旧，车窗污浊，车胎窄小，远远望去，整台车像是用薄铁皮糊成的，样貌丑陋。至于车子内部更是不像话！座垫子油腻乌黑，并纵横交错着狭长的口子，坐是不坐让人踌躇。

我乘坐过那样的一台开往南山寺的小巴，车里的座椅全部是用木头拼钉而成的，和公园里废弃的长椅差不多。小巴车每次起动，木头座椅就会迅速前倾，并随之伴有“嘎巴”一声脆响，好像马上就要从车里“拔”出去，连人带椅一起冲出挡风玻璃，“噗通”一声落入浩瀚无垠的大海.

这台“做工野蛮”的小巴车的司机是个年轻的回族男子，皮肤黝黑，穿着一件白色跨栏大背心，半长的短裤，腰带上别着手机和钥匙扣，这些东西随着车的节奏叮当作响。售票的是个中年女人，头上包着橘色的薄纱头巾，眼睛很大，有修长的睫毛。司机和售票员都穿着拖鞋，嘴里嚼着红鲜鲜的槟榔。

车里反复播放着怀旧情歌“集锦”，比如：“真情像梅花开过，冷冷冰雪不能掩没”，“如果没有遇见你，我将会是在哪里”，“哄！哈！问世间，是否有山比此山更高，哄！哈！”之类的港台电视剧的主题歌。小巴车的音响系统显然质量有问题，一遇到坑洼，就“呃”地停顿一下，有点心脏偷停的意思，到了平地后再接着唱。

糟糕的音响并没有影响那位皮肤黝黑的年轻司机的心情，他一边和着节奏吹着口哨，一边在路人惊恐的躲闪中，神气活现，飞也似的行驶在被亚热带的太阳烤得吱吱作响的柏油路面上，向南山寺方向开去。

去南山寺是一定要经过羊栏镇和天涯镇的。羊栏镇就是现在的凤凰镇，它在三亚周边的村镇中，是最富裕的，也是最整洁的一座小镇，同时也是当地回族人聚居的地方，小巴车的经营者大都住在这个镇子上。

在羊栏镇上车的乘客，姑娘们居多。这些回族姑娘们涂有暗红的唇彩，戴着颜色艳丽的薄纱头巾，拎着革制的小包，身上散发出廉价的茉莉香水的味道。她们大多是在沿途的小镇机关，或是移动收费所工作的姑娘，保不准哪位就是某位村长的女儿，神态十分的优越。

羊栏镇面积不大，穿行之间，你会看到几座蓝色的清真寺，几家家具店，几处汽车修配厂，几处温泉，还有几家海鲜饭店。当年这里的海鲜饭店卖的东西非常便宜，但是现在真是贵得离谱！车窗外，一群戴着雪白圆帽子的回族男人们，正赤着胳膊在齐心合力“嗨呵嗨呵”盖房子，一派勃勃的生活气息。如果你愿意，可以在这里下车，在小镇子里转一转。尽管转来转去，也没见到令人精神为之一振的东西。但是，还是值得游荡一下。

小巴车从羊栏镇穿过去之后，便驶进一段坑洼不平的泥路，路上扬起一阵灰尘，污浊的空气在车里飘散，回族姑娘艳丽的头巾上落满灰尘，其他乘客也一边挥着手，一边“咳咳”地咳起来。这时，年轻的司机摁了一下音响的快进，里面突然传来一个男高音无限嘹亮地唱起“啊，牡丹，百花丛中最鲜艳。啊，牡丹——”颠簸之中，你会蓦然觉得，生活有时真是让人哭笑不得。

在这条暴土扬长的小路的尽头，就是天涯镇了。从这里上车的乘客多半是小商贩或是手艺人，有汉族，有回族，也有黎族。年轻的司机大声地催促道：快点上！快点上！小巴车里的乘客多起来，车子里的空气越发污浊，就在你几乎窒息到无法忍受的时候，一段波光粼粼的荒海豁然而现，那真是荒凉广阔，寂寞而无垠的大海，美得无法形容。在震撼中，颇觉人之渺小。

在热辣辣的亚热带阳光的照耀下，小巴车穿过穆斯林的墓群，穿过著名的“天涯海角”景区之后，便不再有固定的车站了。往往是车子到了某一幢民居或是建筑前就停下来，有人下车。这时的车厢里，羊栏镇神态优越的回族姑娘们也好，天涯镇的小商贩们也好，渐次地消失了。小巴车里空荡起来。有时乘客单剩下我一个人了。一个人也是乘客啊，小巴车仍会把我送到南山寺的。

像火柴盒一样地开往南山寺的小巴，在两侧的青山之间一路前行。路上不时出现过街的小鸡，小狗，呱呱叫的大鹅，甩着尾巴的水牛。年轻的司机不得不随时急刹车，等这些家畜们走过去。掩映在路边椰树后的房屋正袅袅地冒着炊烟。一户人家房前的两棵椰子树之间悬着一张吊床，一个男人半挽着裤角躺在上面抽烟，吊床下左一只右一只散落着一双拖鞋。这家的女人和邻居们在一旁稀里哗啦地打着麻将。

戴花头巾的中年售票员一边数钱，一边和皮肤黝黑的司机开起了这样或那样的玩笑。灰尘在亚热带的阳光里翻卷，空气里到处是海腥味，槟榔味，汗液的咸味，热分子被无限扩大，一切都蒸汽腾腾。

弯道处，一株高大的木棉树悄然而现。木棉树的枝丫上缀满红色花朵，恍惚间，那些花朵仿佛翩跹飞舞的红色蝴蝶。路边开始不断出现挥舞着香火的小贩。我知道，南山寺要到了。

那时候，南山寺还没有那著名的海上观音，与其说是寺庙，倒不如说是一座远离喧哗的滨海花园。我经常去那里，带着我自己做的盒饭和笔记本电脑，在南山寺东湖的小亭子里写我喜欢的东西。我并非虔诚的佛教徒，也非有什么难言的心事一定要去神佛那里倾诉。但我喜欢那时的南山寺：澄净，美丽，神秘，温暖。最重要的是，几乎没有游人。

时间仿佛一个魔术师，轻轻一挥，很多东西都从我的生命里消失了，可是我却依然怀念旧日的，蛮荒的三亚，像想念旧时岁月里的衣服，玩具，脏兮兮的街道和房子……那曾经的“灰尘”，曾经的“泥泞”，曾经的“脏”，像一层透明的薄雾，温柔地飘散在我曾经如春日溪水般逝去的流年里。

哦，那开往南山寺的小巴。

乘双巴去天涯

城市里其实有许多美丽风景的，公交车便是其中之一。每天清晨，那些颜色各异的公交车从四面八方缓缓驶出来，然后“咣当”一声停靠在不同的站台上。车门打开，乘客走上去，下来；下去，上来，公交车就这样搭载着乘车人的幸福和忧伤，经年累月地行驶在或宽阔或狭窄的街道上。我便是那众多乘车人中的一个。

大约是20世纪的90年代初，我在一部香港电视剧里看到一种仿佛两台汽车叠在一起似的双层的公交车，车子很高，车身上刷着婴儿爽肤粉之类的巨幅广告，车厢里疏落地坐着几个皮肤略黑、身材瘦削的男人和女人。坐在那样高大的，车铃清脆的车子里会是一种怎样的感觉呢？视野会很开阔吧？心里便无端升起些许的向往。

当年，哈尔滨还没有双层的公交车。当双层的公交车开始在哈尔滨的街道上行驶的时候，自然成了当地居民喜欢的一道别致风景，它还拥有一个颇为时髦的名字——“双层巴士”。

那段日子，只要太阳一“吱呀呀”地打开竟日普照的大门，那些高大的深蓝色的双巴车便会“呼”地一下，从春柳垂髫的松花江边欢快出发，一路驶向在夏日雷雨中显得有些喧嚣和慌乱的火车站。接着，在外形酷似手风琴样的国际饭店旁停留片刻，等一等那些气喘吁吁跑过来的乘客，然后便在这架手风琴和簌簌而落的金黄色秋叶的伴奏下，沿着转盘道优雅地滑过一道弧线，滑向飘着漫天大雪的城市主干道。双层巴士就是这样在哈尔滨分明的四季中，周而复始轻盈欢快地流动着。

我那时有一个颇为“美好”的梦想：乘双巴去天涯。当然，如果旅程之中又遇美丽爱情，那么“天涯之旅”对我来说将会更加完美。现在想起来，让我着迷的与其说是天涯本身，倒不如说是那些“路上风景”更为贴切。于是，我开始阅读关于旅行方面的书籍，甚至痴迷于各种户外旅行用品，包括爬山用的丝扣锁，修车用的梅花扳手，野外露营时用的防撕尼龙帐篷以及全套闪着雪亮光芒的瑞士军刀等。“风烟俱净，天山共色，从流漂荡，任意东西”那将会是一种怎样自由自在，无限光彩的生命状态啊。

就在自认为把“旅行需知”和“旅行精髓”弄得差不多的时候，突然发现，我忽视了一件相当重要的东西，那就是——钱。无论如何，钱都是旅行过程中必须要具备的东西，比修车用的梅花扳手重要一千倍。而刚刚参加工作的我，是根本不具备足够充裕的经济条件的。并且，我也没有足够的旅行时间。

我为此无比沮丧，只好托着下巴呆呆地看着

那些旅行归来的人对着荧屏侃侃讲述自己的旅行故事。讲述之中，电视编辑们还不时穿插一些与之相配合的优美画面和激荡心弦的背景音乐，这就愈发让人垂头丧气起来。

我深深地叹了一口气，站起来，关掉电视。

后来，连那台让我心生柔情梦幻的“双巴车”也不知何故被取消了，我为此怅然很久。

日子就这样流水般地过去了——

经年之后，我终于可以随意往来于这个国家的千山万水，然而却再也没有乘坐过双巴车。

直到有一天，那可真是一个炎热的冬至午后。我一个人闷头走在海南三亚椰影婆娑的亚热带海边。突然之间，一台高大的如蝴蝶般色彩鲜艳的“双巴车”翩然而至，它曼妙无比地停在我身旁。这是一台看上去有些斑驳甚至可以说是破旧的车子，车身是红褐色的。顶层车厢没有车窗，当然，在这样炎热的城市里，也无需车窗。

一个黧黑的售票员扶着车门，她一只脚踩在踏板上，另一只脚晃悠悠地悬在车门外，大声冲我喊：“哎——上车啵？去天涯的！”原来，这是三亚的一班观光巴士，它每天往返于亚龙湾和天涯海角之间，全程票价 10 元。很多来过三亚的人都乘坐过它吧？对于来此旅游的人来说，坐“双巴”游三亚真是个挺划算的选择。

就在那一瞬间，我的那个沉睡在心底深处，甚至几乎已经遗忘了的“乘双巴去天涯”的白日梦，突然莫名地在三亚蔚蓝色的大海边绽放起层层玫瑰般浪漫而旖旎的光芒。我跳上车子，扶着车厢中部充满铁锈味道的旋转车梯的扶手，走到顶层，在一个靠车窗的位子上坐下来。现在，我正乘着双层巴士去天涯。

车窗外，午后亚热带太阳散发出来的光芒，像是被淘气的孩子不小心弄翻了的，原本盛在淡红色玻璃杯子里的鲜牛奶，那些牛奶轻柔地洒在海面上，洒在沙滩上，洒在行人脸上，洒在街道两侧乳白的玉兰花，青绿的棕榈树和粉红的夹竹桃上。三亚果真是一座让人心生爱恋的城市呵。

车子渐渐慢下来。这时，那个黧黑的售票员“噔噔噔”地爬到顶层车厢对大家说：“天涯到了！下车喽！”于是乘客们纷纷无限快乐地跳下车子。高大的红褐色“双巴车”调了一下车头，发出一阵隆隆的响声，然后就又继续“咣当咣当”地上路了。

眼前这片辽阔的天空和大海便是天之涯，海之角了吧？举目远眺，海的那一边，夕阳璀璨火红，她正用这醉人的颜色温柔地晕染着起伏的波浪。我脱掉鞋子，赤足走在柔软的天涯之海的海滩上，暖暖的海水涌到我的脚上，很是舒适。在那两块镌刻着“天涯”和“海角”字样的巨石旁，很多人在笑意盈盈地拍照。是啊，都到了“天涯海角”了，怎能不留个纪念呢？尽管那只是两块普通的石头而已，但它所代表的深邃含义却是远远超出石头本身的。

我知道，实际上我永远也不能真正意义上实现“乘双巴去天涯”的梦想，那仅仅只是存在于我心灵深处的一个美丽童话。恰是让人情思缠绕的童话，把原本枯燥平凡的生活点缀得格外妩媚迷人。

我爱这个童话。

一个人的音乐会

那一年的岁尾，我从哈尔滨搭乘飞机去海南三亚，打算在那里度一个悠长假期。到达三亚之后，我每天一个人在大街上闲逛，一会去去这儿，一会看看那儿，不仅去了旅游者们常去的那些地方，还去了基本没有人去过，就是当地人也很少知道的荒村野海，陋巷贫居。

闲逛了一阵之后，我忽生索然，觉得这个假期好像少了点什么。正在琢磨究竟是少了什么，一位远在上海的朋友打来电话，他说，三亚要在南山寺举行一场跨年高雅音乐会，指挥和乐团都是国内很著名的。

在寺庙里听高雅音乐，特别是在一座看得见大海的寺庙里听露天音乐会，我却从来没有经历过。我决定去看看。给当地的相关部门打电话询问此事，但相关部门对于这场跨年音乐会很茫然，他们甚至不知道还有这样的活动，更不用说去哪里买票了。

一番周折之后，终于有个人告诉我，据他所知，音乐会将于 12 月 31 日晚 7 点在南山寺举行，但他不知道在哪儿能买到票。这没关系，知道时间就行，也可以现场再买。

12 月 31 日的黄昏，我穿着一件长长的洗得干干净净，充满热带阳光气息的碎花连衣裙，一个人坐着开往南山寺的小巴，去听那场即将在岁末的南中国寺庙举行的高雅音乐会。我喜欢整洁，喜欢以一种平易而悠然的心情和状态去做我想做的事。

到了南山寺后，事情却发生了变化，工作人员告诉我，音乐会不是今天，而是明天，也就是说是在 1 月 1 日晚举行，并且只售团体票。怎么办呢？既来之，则安之吧。南山寺我来过很多次，但在黄昏的时候来还是第一次。

黄昏是这座南中国滨海小城一天中最曼妙的时光，这种曼妙感极为浓郁地弥漫在南山寺里。燥热的空气渐渐退去，夹杂着香火和生腥气息的海风穿过浓绿的热带植物，轻柔地吹在我的脸上。天色渐渐暗下来，寺里游人疏落，三三两两，不似白天般喧闹。偶有梵音从幽远处传来。而梵音落下之余，似有另一种声音隐约飘来。

这声音来自海上观音像前的广场。如今那个广场经过了建设，看上去有了布局感。但那时候没有，就是一片非常开阔的空地。我走到广场边缘，可以很清楚地看到海上观音像和一弯很淡的，氲在观音像上空的小月牙。

广场上一排排地，很有秩序地摆放着数百张塑料椅子，但只有几个人分散地坐在那里。在这些椅子和大海之间，准确地说，是在这些椅子和海上观音像之间，有一个舞台。舞台很大，但设计得很简单，数盏射灯打在舞台上。因为夜色很浓，大海也变得黝黑，像陆地似的。所以，清雅月牙下的海上观音像仿佛就在身边。

这个夜色海边的舞台充满梦幻感。而更为梦幻的是，一支乐团正在舞台上演奏乐曲。指挥和乐手们穿着都很日常，每演奏一段就停下来，互相交流一下，哪里需要重新调整。我恍然明白，这是明天要演出跨年音乐会的那支乐团正在彩排。他们就这样演奏一段，停下来，交流一下，再接着开始，非常认真，非常严谨。

那些曲子听起来悠扬古朴，似拟汩汩流水之声。这弯从旋律里走出来的汩汩流水柔媚地流淌在南山寺的热带花草上，我的心里产生了无限的柔情蜜意。周围的一切：燥热，喧嚣，热闹，都好像被某种神奇的东西吹散了，我能感到那神奇的东西释放出来的强大的力量。

渐渐的，人们散去了，观众席只剩下我一个人。我就一个人在那听，听了很久。后来指挥让乐手们暂时休息，大家纷纷离开了舞台。指挥从台上走下来，从我身边走过，那是一个中年男人，我感觉他想和我说点什么，毕竟观众席只有我一个人，但终于只是相互点点头，他便走过去了。

舞台上灯光熄灭，只剩一束射灯，那一束射灯下，有一把斜靠在椅子上的金色大提琴，琴面散发出淡淡的细腻光泽。我站起来，很慢很慢地倒退着走着：黝黑大海上的观音像，舞台射灯下的金色大提琴，整齐摆放的空阔的数百张椅子都缓缓拉开，渐渐远去。

……

那一年 12 月 31 日的夜晚，我在南山寺海上观音像前的广场，听了一场一个人的音乐会。如果有人问我，在那场音乐会里释放出强大力量，吸走所有喧嚣和浮华的神奇的东西是什么？

我想说，是“寂静”。这是我在那之后不断与喧嚣中跌倒，与无助中慌张，与茫然中害怕的经历告诉我的。这些的经历让我的人生有了另外的滋味。

我不知道别人的生活是怎样的？但此时，我闭上眼睛，却仿佛又来到了那一年夜色中的南山寺，在那把斜靠在椅子边的金色大提琴的伴奏下，我听见寂静在唱歌——

情迷小旅馆

在曾经的旅途经历中，我住过不同类型的小旅馆和不同星级的大酒店。对于我来说，星级酒店有星级酒店别样的风采，而小旅馆有小旅馆独特的韵味。

先说第一个。

14 岁那年的暑假，和父亲去江南旅游，宿在姑苏城外的一个小旅馆里。这个小旅馆是按照床位来收费的，一张床 10 元钱，显然，这是一个供穷人住宿的小旅馆。那时父亲是一个普通的司机，我们没有许多钱，只能选择住便宜的旅店。尽管如此，父亲还是经常带我出去看外面的世界。他希望他的女儿能成为一个有见识的人。

小旅馆的那间客房有四张床。正是江南炎热的伏天，一时没有其他客人。我很高兴花 10 元钱就可以“单独”拥有一个“大”房间。正在高兴时，房门开了，进来一个二十出头的乡下姑娘，她手里拎着一笼黄绒绒的小鸡崽，身后是一个和她年龄相仿的男子，男子背着锯子刨子之类的工具。

他们是夫妻。小旅馆里包一间双人房需 40 元钱，为了省钱，他们就分别住在不同的房间里。两人虽未有太多交流，但我能感觉到他们的感情很好。丈夫始终话不多，帮助妻子铺好床褥后就走了。他住在隔壁的房间。

在与这个姑娘的交谈之中，我得知，他们是江南某个偏远乡下的村民，这次是到姑苏城度蜜月的。姑娘指着隔壁说，他带我来听寒山寺的钟声，顺路再卖点小鸡崽，揽点木匠活儿，挣点钱。我听了，突然非常羡慕他们。

入夜，我被寒山寺的钟声惊醒，翻过身，看那个姑娘正站在窗前，背影专注修长，脚边是那一笼子黄绒绒的小鸡崽。呵，她在听寒山寺的钟声——我第一次知道什么叫浪漫，知道浪漫从不专属于某一高端族类，没钱亦有没钱的浪漫。

第二次住宿的那个小旅馆，是在那一年的中秋节前，小旅馆在乌苏里江边。小旅馆居然叫"钓鱼台宾馆"，真是好气派的名字。我们选择入住此处，是为了拍摄古筝MV。这儿是一家离乌苏里江最近的旅馆。

但我们很快发现，所谓的"钓鱼台宾馆"不过是个废弃的小旅馆。本来早就要拆除了，但当地政府为了方便我们拍片，让拆迁工作暂时停止。小旅馆只有一个临时接待我们的服务员。

小旅馆的"大厅"十分狭小，有个放洗脸盆的架子，架子上用铁链拴着一个锈迹斑斑，画有喜鹊登枝的红色洗脸盆。看着那个脸盆，让我产生了恍惚感，想起一些讲述"文革"时期下乡知青的老电影。心想，现在仍是二十一世纪吗？

小旅馆的地板上全是青草，我住的那个房间也是如此。你会看到在青草地上蹦来蹦去的蚂蚱和跑来跑去叫不出名字的小昆虫，甚至一只田鼠嗖的一下跑得不见了踪影。床上铺的也是草垫子。房间虽简陋，却是野趣十足。我想，要是有一条细细的小溪水从这房间的青草地上穿过去就更好了。在这个蛐蛐鸣叫，满是青草地的小旅馆里，月光让我产生了一种情丝缠绕之感。

我那时正处于一种“少年维特之烦恼”的状态里，何去何从，很是纠结。现在想起，那种痛苦的纠结是多么美好的一种情怀。你一生中能有几次为爱而寤寐思服呢？现在，每每回忆起那个叫“钓鱼台宾馆”的小旅馆，我心里都会感到很清澈，觉得有阵阵青草香随月光扑面而来。

第三次住小旅馆的经历似乎更为奇特。是啊，有谁睡过床铺窄得只能侧卧，却不能平躺的小旅馆呢？那是某个雨季，我住进这家地处黑龙江边的小旅馆。这大约是我此生住过的最糟糕的一个小旅馆了，不仅房门关不严，窗户也关不上。但我还是住了下来。毕竟我是一个黑龙江人，却从未见过真正的黑龙江。正是那个临江的小旅馆，让我机缘巧合，真正见识了强悍的黑龙江。

午夜时分，突然电闪雷鸣，随即暴雨如注。巨幅的银色雨帘伴随着振聋发聩的滚雷，在东北的沃野之地疾速而行，跟着一个接一个锋利的闪电在奔腾而过的黑龙江上空闪耀着奇异的紫色光芒。顷刻，朔野的江风夹杂着豆大的雨点透过窗缝肆无忌惮地打到我的床头——

黑龙江上的暴雨和闪电让我何等的激动呵，竟让我产生了一种“要成为一个有力量的人”的欲念。是啊，谁此生有过在令人震撼的大自然的壮景面前，泪水簌然而下的时候吗？我经历了。

那一年的春天，我去欧洲旅行，我的第一站是芬兰的赫尔辛基。在赫尔辛基，我住在火车站附近的一个小旅馆里，小房间非常整洁，枕上放着两颗甜蜜的糖果。但由于时差的原因，我一时无法入睡，便拥被而坐，一边吃糖，一边打开电视。电视里一个中年芬兰男歌手正站在一束蓝色的灯光下唱歌，我听不懂，但我觉得他很忧伤。

透过小旅馆的窗，有汽车打着雾灯在黝黑的方石路上微鸣而过。从我房间的窗户看出去，是看不到赫尔辛基火车站的。但我知道它离我不远。有一个芬兰的老电影，叫《去往蒙巴萨的单程票》。那么，蒙巴萨是个怎样的地方呢？在那一瞬间，我很想去赫尔辛基火车站买一张去往蒙巴萨的单程票。电视里的男歌手还在忧伤的歌唱着，他为什么那么忧伤呢？

离开这座小旅馆那天，我买了一束白色的铃兰花放在我的小房间里。我希望我还能有机会来到这里，再住上几日，然后去附近的赫尔辛基火车站，买一张去往蒙巴萨的单程票，没错，就是蒙巴萨。

该讲我的最后一个小旅馆了。在大学毕业那年，我很想考位于英国利兹的一所戏剧学院，但是阴差阳错，我没去考。这是我一生的遗憾之一。但这一次的英国之旅，有一晚上，就是住在利兹郊区的一个小旅馆。这让我有了些许的激动。

是的，若非窗上的格子窗帘，你几乎感觉不到这是在英国。彼时正是清晨，窗外轻雾荡漾。近外被雾染的那几栋楼，都不太高，二三层的样子。交错在楼前的小路上停着一排排的小汽车。此时没有任何一个人，一切都非常安静，非常整洁。

就在我打算关上窗户的时候，一个老人从一座居民楼里走了出来，这是个至少有七十岁的英国老头，他个子很高，一头银发，虽微有驼背，但精神矍铄。穿着一件蓝色有背带的工装牛仔裤和一双高筒的黑色水靴，他吸着一个大烟斗。跟着他的，是一条非常非常漂亮的牧羊犬。

我一下子想起了柯南道尔的“福尔摩斯”，刹那间，英伦之风瞬间浓郁起来。我静静地看着那个穿蓝色背带工装裤的“福尔摩斯”，一边吸着烟斗，一边带着他的狗，消失在小路尽头，消失在英国式的薄雾里，连同他一起消失的，还有我梦想中的那所利兹的戏剧学院——

我不知道今后的旅途上，还会住进怎样的小旅馆里，但每每想起曾经的那些小旅馆，我的心里都会产生一种淡淡的情思。宋人晁补之诗云：“扫地开窗置书几，此生随处便为家。”哦，这淡淡的情思，不正是旅人的滋味吗？

ING

一个人的电影院

休闲的方式是多种多样的，我的方式是喜欢一个人行动。比如说逛街，比如说听音乐，比如说看电影。这倒不是说我天性孤僻，不合群，或是无人陪伴形单影只。怎么说呢，我对这几个爱好的感情，有点像谈恋爱，因为莫名与生俱来的喜欢和迷恋，就不希望别人来打搅。

特别是一个人看电影，它让我在疲倦而充满压力的生活中，突然发现自己手中还拥有一粒牵牛花的种子，伸出手，那种子就轻柔而奇异地在掌心逸出纤细的枝蔓，吐出娇嫩的绿叶，绽开粉白的花朵，一路逶迤，一路摇曳，呼呼啦啦，无限愉悦地爬满生活斑驳撒满光影的墙壁。

至于什么时候对电影产生兴趣，说来可笑，我最早看的一部电影大约只有五分钟。当年，为了丰富小学生的暑假生活，学校里发给我们这些小学生每人两张电影票，我们可以选择在假期的任何一天去哈尔滨的儿童电影院去看电影。

对于当时只有七八岁住在南岗区的我来说，能去相隔五六站的道里区的电影院看电影简直就是一次充满奇迹，充满挑战的旅行。我在家灌了一瓶子自来水，带了一个馒头，奇怪，带馒头干什么？除此之外，我还带了半袋烤鱼片和一个西红柿。

就这样，我在一个阳光灿烂的清晨雄赳赳而

又无限愉快地徒步出发了。很幸运，这期间我没有遇见坏人。但我肯定走了很多冤枉路，等我走进电影院的时候，简直精疲力竭，只见投影机的光柱里飞舞着无数的灰尘。现在想起，那些灰尘仿佛电影里人物的灵魂，在时光的两侧翩跹舞蹈。

一个满头白发的漂亮女人正在大屏幕上吃力地向前爬，好像要去摘一株长在悬崖上的红色花朵，她那样艰难地，一点一点倔强地向前爬着。然后，很悲壮的音乐从电影院四周的墙角慢慢涌出来，我听见观众席上有人在哭。电影结束了。

后来我才知道，这是香港早年拍的武打片《白发魔女传》。不知道为什么，这个画面给了我极大的震撼。我垂头丧气地回家了，没吃馒头，没吃西红柿，也没喝水。那个满头白发的漂亮女人和那株红色的花朵一直在我眼前萦绕，久久不散。

从此我迷上了去电影院里看电影。不同的电影院里，或者坐在硬硬的深红色的木板座椅上，或者坐在软软的深蓝色的丝绒座椅上，专注地看《红帆》，看《一仆二主》，看《罗马假日》，看《仲夏夜之梦》，看《太阳浴血记》，看《卡桑德拉大桥》，《两个人的车站》，《尼罗河上的惨案》，《瓦尔特保卫萨拉热窝》，看那红褐色的画面在雪白的屏幕上神奇地变换，投影机里的胶片咔咔作响，电影院里到处都是优美充满智慧的台词，到处都是悠扬的让人感动莫名的音乐。

我安静地坐在那里，有时耳边会传来邻座恋人低低的私语，爆米花的香味钻进我的鼻孔。我的生活就在这投影机的咔咔声中芬芳而充盈起来。

像所有大城市一样，后来哈尔滨也出现了很多高级的影院，很贵的票价，很棒的音响，很清晰的画面。但不知为什么，疲倦的时候，我还是喜欢一个人去老式的电影院里看电影。尽管电影院里的观众已经越来越稀少，但是，在家看录像带或是 DVD，却是无论如何找不到感觉了。

在这个炎热的夏季，我又回到了这座城市，买了一小块撒满碎樱桃的比萨，一小盒北海道熏金枪鱼，一小瓶纯净水，一小杯鲜榨柠檬汁，向老板娘要了点盐，撒在柠檬汁里，这是我喜欢的解暑的方式。我又来到这家电影院看电影了。

我沿着电影院的旋转楼梯向上走，这是一幢欧式的建筑，据说很多年前，这里是欧洲某位贵族的住所。电影院里很安静，甚至说是很萧条，只听见木制的楼梯发出嘎吱嘎吱的声音。

一共是两场电影，两部片子循环放。掀开厚厚的棉布帘子，放映厅里一片漆黑，只有大屏幕上的尼古拉斯凯奇不知何故正在疯狂奔跑。除此之外什么也看不清楚。我摸摸索索地找了个位子坐下来。多年的看电影经历告诉我，看电影不要着急，不管从哪一段开始看，都要用平稳舒适的心情去看。我决定看第一部电影的时候吃北海道熏金枪鱼和咸柠檬汁，第二部电影吃樱桃比萨和纯净水。尽管是一个人看电影，但我始终认为，看电影是需美食陪伴的。

金枪鱼，很好，很够味，腥腥的味道在舌上漫开，让人想起海。说实话，第二部电影实在不怎么样。终于，灯光亮了，我舒展了一下身体。突然惊奇地发现，整个电影院只有我一个人！这是我多年的“看电影生涯”中从未出现的。

……

我悄悄地走出放映厅，那个高大健壮的放映员正侧身对着拱形的彩色玻璃窗吸烟。窗外是异常绚烂的阳光。

是谁围着篝火在跳舞

冬日的大雪将哈尔滨这座城市变成了银色之都，飘然而至的雪花轻盈地飞在房顶上，飞在树枝上，飞在街道上，飞在行人的身上。

这场雪几乎下了整整一天——我记住了那个冬日。在那个如此寒冷的雪天里，我又能干些什么呢？记得我转身去厨房给自己煮了杯咖啡。

很快，咖啡的香味弥漫至房间每个角落。打开电视，我一边喝着咖啡，一边拿着遥控器胡乱调换频道。转换之中，一幅电视画面吸引了我：两个身材高大的德国士兵正在用高压水枪轮番向一个长着一双湖蓝色大眼睛的年轻女囚扫射。他们肆意大笑着，一边变换着扫射的方向，对他们来说显然这是一场有趣的游戏。那个年轻女囚在击水中不停地躲闪，本能地用手挡着。画面的速度逐渐变慢，慢镜头里的那个年轻女囚在击水中无力地挣扎……

接下来我才知道，这是一名被德国纳粹逮捕的东欧某个国家抵抗运动组织的女谍报员。我屏住呼吸，跟着女囚那双湖蓝色的大眼睛一起走进德国纳粹的审讯室里。

女谍报员穿着一件短袖的灰色 V 字领囚衣，胳膊上是一道道紫黑色的血痕，金麦色的头发被剪得很短，她脸色苍白，厚嘟嘟的嘴唇没有一点血色，看上去相当虚弱。女谍报员艰难地坐到审讯椅上，前面摆着一张小桌子，桌子上面放着一台老式的深褐色收发报机。

那个审讯她的德国军官大约有四十岁，嘴唇很薄，着一身笔挺的纳粹军装。他坐在宽大的办公桌后面，目不转睛地审视着他面前的这位抵抗运动组织的女谍报员。

那的确是一双充满魅力的德国男人的眼睛。我暗想，如果他不是纳粹分子，并且生活在今天，单是这双眼睛就一定会令无数女人为之倾倒。但此刻审讯室里的这双德国男人的眼睛，却让人感觉有点儿不寒而栗。

那个德国纳粹军官慢慢地摘掉他手上的黑色的羊皮手套，露出手腕上的金质手表。然后，他用低沉的，但却有教养的语气，缓缓地对那个长着一双湖蓝色大眼睛的女谍报员说：您知道吗？女士，我是个喜欢整洁的人，整洁的环境让人心情愉快，就像我的家乡。那是一个在阿尔卑斯山脚下的小镇。哦，它太美了，简直就是天堂。说到这里，德国纳粹军官停顿了一下，闭上眼睛，一边深深地呼吸一边陶醉地说，哦，天堂。

女谍报员的嘴角露出一丝嘲讽的笑容。

这时候，德国纳粹军官轻轻地睁开眼睛，他的语气也变得舒缓起来，对他面前的女囚说，有一天，一只蜘蛛在我的房间里结了一张网。说着，他叹了一口气，哦，这可太糟糕了，它破坏了我的心情。于是，我毫不留情地用扫帚把它扫了下来。

那个长着一双湖蓝色大眼睛的女谍报员毫无表情地看着他。

德国纳粹军官说，第二天，那只愚蠢的蜘蛛又在我的房间里结了一张网。您知道，从那天开始我和蜘蛛之间的游戏就开始了。哦，那是一场有趣的游戏。说完，他看了一下自己手腕上的金质手表。

女谍报员静静地听着，似乎是在等待着德国纳粹军官继续讲下去。这时候，那台深褐色的老式收发报机突然发出急促的滴滴声，一行字幕出现在画面中间：

是谁围着篝火在跳舞？

很显然，这是抵抗运动组织的联络暗号，他们在等待着女谍报员的回答。

我放下咖啡杯，紧张地看着电视。

可是，那个德国纳粹军官和他面前的女谍报员似乎没有听见发报机的声音，女谍报员仍然目光平静地看着纳粹军官，像似在等待他未完的蜘蛛故事。

德国纳粹军官用眼角扫了一眼收发报机，继续说，七天之后，我的房间里只剩下一根可怜的蜘蛛丝了。女士，您知道那一根蜘蛛丝叫什么吗？德国纳粹军官向前探了探身子，把左手的食指放到嘴唇上，等待着女谍报员的回答。

那个长着一双湖蓝色大眼睛的女谍报员脸上没有任何表情。

收发报机仍旧在滴滴地响着，画面上又一次出现了“是谁围着篝火在跳舞”的字幕。

纳粹军官站起来走到女谍报员面前。他用一根手指托起那个女谍报员的下巴，意味深长地说，告诉你，那叫绝望。

说完，他又回到自己的椅子上，慢慢地戴上那副质地柔软的黑色的羊皮手套。

收发报机的滴滴声越发地急促了，画面反复地出现“是谁围着篝火在跳舞”的字幕。

两个人就这样互相沉默着，只有那部深褐色的收发报机，依旧不停地滴滴滴地响着。纳粹军官死死地盯着女谍报员那双湖蓝色的大眼睛。

是谁围着篝火在跳舞？

是谁围着篝火在跳舞？

是谁围着篝火在跳舞？

……

我完全被笼罩在这紧张的气氛中了。

这时候，那个抵抗运动组织的女谍报员目光里充满无限的深情，她似乎回忆起了某段幸福的时光。很快，那双湖蓝色的大眼睛里溢满了泪水。

她哈下了腰，然后轻轻地，但却异常坚定地敲响自己面前那台深褐色收发报机的键子，打出了一行字：

是一个西班牙姑娘围着篝火在跳舞。

仅仅隔了一小会儿，对方就作出了回答：

我们知道了。请继续保持和我们联系，等待你新的任务……

这时，那个德国纳粹军官突然大声叫着，史瑞德！快去！照这个暗号继续和他们联络。

……

我愕然——

接下来，镜头从那双美丽的湖蓝色大眼睛慢慢拉开了，变成了镶嵌在大理石墓碑上的那个女谍报员的照片，画面上再一次出现了那一行字幕：

是谁围着篝火在跳舞？

正确的回答是：

是一个吉卜赛姑娘围着篝火在跳舞。

然后，画面愈拉愈远，渐起一段忧伤的音乐。

我站了起来，打开窗户，漫天的雪花扑面而来……

第三辑　那些或陌生或熟悉的人

这些大半已经离开的“生命”，都是我的亲人和朋友。然而，我对他们的怀念，仿佛卡夫卡写给自己昔日深爱的情人——俄罗斯著名女记者杰森斯卡的那封信：现在，我已记不起你脸庞的模样，但你离开咖啡馆时的背影，我却历历在目。

炒肝、外祖父和四分之一烤鸭的故事

20世纪80年代的某个秋日清晨，我和外祖父、外祖母一块儿乘18次列车到了北京。安排妥当之后，外祖父便带着我们去招待所附近的一个小食摊吃早餐。当我从那位眉开眼笑的大妈手里接过那碗香喷喷的炒肝时——我的初次北京之旅便开始了。

80年代秋节里的北京，云淡风轻，城市里到处都弥漫着沁人心脾的秋的气息，我和外祖父、外祖母就是在这般美妙的气息里，游故宫，上长城，漫步颐和园。直至今日，我仍清晰地记得那群操着浓重京腔谈论白菜价格的小媳妇儿，吱吱呀呀拉胡琴的白发老头儿，四合院里拿着棍子噼里啪啦打枣儿的小孩子——与哈尔滨这座充满俄式风情的城市相比，北京则显得古典敦厚，气度沉稳。老北京真是一座迷人的城市呵。

离开北京前夕，外祖父带着我和外祖母去全聚德吃烤鸭。那天，外祖父特意换上他笔挺的哔叽铁路制服。外祖母不仅在鬓边别了一个褐色的发卡，还很仔细地在脸上擦上了雪花膏。看得出来，他们非常重视这次晚餐。外祖父一家并不富有，他们没有几套像样的衣服，但却非常注意仪表。记得在那家铁路招待所门口，外祖父给我买了一个蓝红相间的小风车，风轻轻地一吹，小风车就呼呼地转了起来。我拿着小风车跟着我的外祖父、外祖母去了全聚德烤鸭店，一路上我们都觉得很愉快。

比之《米其林指南》上推荐的三颗星或是英国《餐馆》杂志评选出来的那些著名的饭店，在普通中国老百姓眼里，全聚德无疑有着更加尊贵的地位，它几乎成了很多外省进京的人的一个美食梦想。然而，面对全聚德响亮的名头，外祖父却没有任何的自卑与矫情，他神态怡然地带着我们走进了全聚德的大门。

毕竟那时我还是个小孩子，请原谅我不记得当年全聚德的外貌和陈设，但是我却记得跨入全聚德大门时，心里涌起的那种瞬间的厚重感和温暖感。就这样，上世纪80年代的那个秋日，拿着蓝红相间的小风车的我，和穿着哔叽铁路制服的外祖父、外祖母坐在了北京全聚德烤鸭店那张铺着白色桌布的餐桌前。

外祖父接过服务员拿来的菜单，先是很认真地看了一遍，然后像个绅士一样，对服务员说：我们要四分之一烤鸭。我后来在一些外国电影里看到类似的场景：客人们对食物的数量说一客，一盎司，或是一品脱——这些计量单位的发音带有某种洋派的时髦感，但是对我来说，那些计量单位都不如我外祖父那一天所说的“四分之一烤鸭”，更让我觉得浪漫四溢。

外祖父从容不迫地地坐在全聚德烤鸭店里，自始至终都非常得体，仿佛是穿着笔挺的军装，坐在白色餐桌前用雪亮刀叉吃着小牛排的隆美尔将军。外祖父和外祖母吃得很有分寸。可四分之一烤鸭能有多少呢？那真是很少的几片呵。但那天一切一家人都很从容，很缓慢，我能感觉到流淌在这种从容感和缓慢感里的那股绵绵情意。显然外祖母和自己的丈夫心有灵犀，她用不卑不亢的就餐态度来表示她对丈夫的感谢和崇拜。她知道带她到全聚德吃烤鸭，是作为铁路工人的丈夫长久以来的一个梦想，一个承诺。

那无疑是一顿浪漫的晚餐。若说有什么遗憾，就是我的那只蓝红相间的小风车遗落在全聚德铺着雪白桌布的餐桌上了。

我曾经很久都想不通，一个一生从未去过大饭店的铁路工人，何以如此自信和平静？为了这次全聚德的晚餐，他又曾悄悄做过怎样的功课？多年以后，我终于明白，阅尽岁月沧桑，历经人生坎坷的我知道，外祖父在全聚德吃烤鸭是他一生中最后的一次优雅了，也是在他的经济能力范围内为自己的妻子和外孙女提供的唯一一次吃大餐的机会，他必须珍视。那一刻他的内心无比强大，他无需介意任何人的目光。

……

那一次的北京之行后，外祖母再没有去过北京，谁带她去也不去，她总是很平静地说，老伴儿带我去过北京了，我们还吃了全聚德的烤鸭。外祖母今年八十岁了，独自生活，干净利落，平静温和，不依靠任何人。她说她不能闲着，闲着会生病。外祖母一生都在劳动。

不知道什么时候，我岁月的列车已经驶入成熟女人的站台。多年来，我凝神屏气，谨慎认真地跋涉在我的人生之路上，不敢懈怠，不曾荒唐。这个秋天，我用力呼吸了一下哈尔滨清晨新鲜的空气，然后对自己说：喂，你好像有资格去度一个“奢侈”的假期了。于是，我打点行装，又一次乘坐 18 次列车，来到 2011 年北京的秋天里，我要在这儿办理去英国旅游的签证，我想看看绵绵不绝，令人有些恼火的英格兰的秋雨。

我慢慢走在首都北京的街道上，秋风渐起，微有凉意。这座城市里到处都是需仰视才见的高楼，到处都是匆忙而急促的人群，到处都是拥堵的街道——我找不到那座“韵味扑面而来”的北京城了，就像找不到小时候我家乡那些随处可见的俄式建筑一样。

夜色中，仿若老电影的台词“我又来到了全聚德烤鸭店”。全聚德门前有很多人在排队，偶有面露不屑的当地人从我们身边很优越地走过去了——就仿佛我这个东北人曾经对那些千里迢迢来哈尔滨看冰灯的外省人不屑一样。看来，任何地区都存有幼稚，不宽容和莫名自我感觉良好的“当地人”啊。

我又一次坐在全聚德铺着雪白桌布的餐桌前。服务员是个圆脸的姑娘，面对我所说的四分之一烤鸭，她有些茫然，她说，全聚德早已不卖四分之一烤鸭了，现在的最小量是半只。

我说，哦，好吧。很快，片好的烤鸭端上来了，圆脸的服务员匆匆示范了一下卷烤鸭的程序就转身离去了，我知道，她很忙。

我把卷好的烤鸭放在嘴里。当烤鸭滑入喉咙时，我仿佛又看见穿着笔挺的哔叽铁路制服的外祖父，鬓边别着褐色发卡的外祖母和拿着蓝红相间的小风车的我，三个人正坐在北京全聚德烤鸭店的餐桌前。我外祖父正很绅士地对全聚德的服务员说：我们要四分之一烤鸭。

外祖父六十六岁的时候去世了，他这一生只去过一次全聚德。

只有一次。

这个秋天，在北京的全聚德，我突然很想念我的外祖父，还有那个我当年遗落在全聚德里的蓝红相间的小风车。

我怎么哭了？

祖母

我祖母去世的时候，我正在一所艺术学校里学戏剧文学。当然，那是很多年以前的事情了。在灿烂与阴霾的日子里，我的耳鼓里始终充斥着锣鼓家伙的敲打声，跳舞蹈的女孩优雅地踮着脚尖在走廊里滑过，隔壁的画室里轻轻巧巧传来油彩的清香，老师们不厌其烦地讲着莎士比亚、斯坦尼斯拉夫斯基、西蒙娜·德·波伏娃、伊莎多拉·邓肯，讲着宇宙、生命等高深莫测的课题。

那时候，除了充满激情地和同学们讨论各种“玄妙”的关于美学的，哲学的话题，抑或是快乐地谈论究竟是尚小云还是程砚秋，谁的扮相更俊美以外，对于死亡，我茫然而不知所措。

突然有一天，我的一位长辈对我说：“你奶奶死了。”那天是周末的黄昏，天气很温润。我正在读一本小说，晚霞的光芒满满地铺了一页。窗外，一街的老榆树都挂满了碧绿肥厚的榆钱儿，在微风中翩跹摇曳。

我知道老人们喜欢开死亡的玩笑，翻过书的另一页，我说：“不可能。”但是现在，我却怎么也想不起那一页上竟写了什么，只记得是一堆一堆的字，毫无生命，毫无色彩。

事实上，我和我的祖母并不亲近，一年之中只见她三两次，必须要见的日子是每年的大年初一，这天的见面并不仅仅是为了春节的家人团聚，还因为那天是她的生日。

这一天，她会给我压岁钱，钱币总是叠得干干净净，平平整整。很少的钱，那甚至不够我在哈尔滨的那家“巴黎面包房”喝一杯牛奶。但我还是微笑地收下，说“谢谢奶奶”。

祖母是满族人，她的祖上在清朝的时候，不知何故被发配到遥远的贵州。后来因为贫困和战乱，年轻的祖母又和她的父母来到哈尔滨。人生是很奇妙的，不知道怎样的机缘，祖母一家在这座充满俄式风情的城市里遇到闯关东的我的曾祖父一家。于是，祖母嫁给曾祖父最小的儿子，也就是我的祖父。

据说，当时祖母是不情愿的。我不知道是什么原因。后来，他们生了六个孩子，一家人全靠祖父一人的工资生活。祖母负责照顾老人和六个孩子的生活起居，事实上，祖母这一生是很辛苦的。

我祖母生平没有给我买过任何一样东西，用我母亲的话说“连个布丝儿也没买过”。在我眼里，她是个表情严肃难以接近的人，她也从未对其他的孙儿们表现出任何的亲近和关爱，好像我们全都是客人。这实在是一件奇怪的事情，我至今也不理解。当然，她也从不给儿孙们添任何麻烦，所有的问题都自己解决。

我和她最后一次见面，是春节的前一周，人有时会有种奇怪的直觉。我那天从她住的房子附近的那一条街经过，忽然心有所动，就进去了。

她正在整理柜子，房间很昏暗，东西乱糟糟地堆了一地，对我的到来表现出少有的亲切。她坐在地板上，鬓角的头发花白而零乱，仿佛墙上垂下的灰吊子，呼悠悠地飘。我想帮她，她拒绝了。我无可奈何地坐在沙发上看着她，就像看一张年代久远，充满灰尘味道的老照片。我搜肠刮肚地寻找话题，结果却一无所获。挂钟嘀嘀嗒嗒地沉闷地走着，我感觉自己好像也在一点一点走向衰老。后来，她说："扶我起来。"我抓住她粗糙而臃肿的手，这是我第一次触摸她的身体，但奇怪的是，却毫无陌生感。她吃力地站起来，拍拍我的肩说："老了。"

我说，人人都会老的。

她笑了一下，没说什么。

我的祖母的的确确是死了。她的肌肤化成一股烟，飘到天上，和云在一起。她的骨灰被盛在一方小小的盘子里，骨片破碎而惨白，微微冒着热气。站在这周围的是从她生命里茁壮生长出的树牙，她的子女，她的孙儿。

张小曼的理想

我是在一所子弟学校读的小学，是一所“普通小学”，不是什么“重点校”。但不是“重点校”这件事，并没有影响这里的老师和我们这些小学生的心情。我们依然过得很快乐。

除了日常的学习外，学校经常组织各种各样的课外活动，比如说郊游，比如说看电影，比如说演讲，比如说拔河比赛，比如说跳集体舞——总之，课余生活非常丰富，非常多姿。而每月一次的班会更是每个班级必须要有的“固定动作”。

班会的内容通常会围绕着“时令和时事”展开。“五一”的时候，就说劳动的事；“七一”的时候，就说爱党的事；到了“十一”呢，就说爱国的事；当然也说尊师爱幼的事；也说环境保护的事；也说我们是共产主义接班人的事——大半的班会我都忘却了，没有忘却的，是那个叫做“我的理想”的班会。

那是80年代，那个时代，没有电脑，没有卫视，没听说谁家阅读过时尚杂志或是经常外出旅游。我们唯一知道的外国人，就是日本和尚“聪明的一休”。因此，我们这群孩子的眼界和见识非常狭小，而我们的理想——其范围亦很有局限性。男生的理想基本就是扳道工，火车司机，电工，军人，片警之类的；女生的理想也不过就是列车员，售票员，或者在火车站候车室里卖报纸，卖杂货什么的。

至于说总经理、董事长什么的，我们想都没想过，CEO 更是从未听说过，那个年代也没有这个词。当然，倒是有相当一部分学生想成为科学家或者医生的，但“科学家”和“医生”对于我们这些小孩来说，是老师多年灌输和教导的结果，是人人都能随口说出的理想，无需任何想象力。只是个干巴巴的名词。

我的理想总不确定，今天这样，明天那样。有一阵子我非常想成为一名老师。我并没有什么高尚的“传道授业解惑”的情怀，一个小孩子能有什么深奥的思考呢？之所以想成为一名老师，是因为我们的班主任总用红钢笔水写字，而我们只能用纯蓝或是蓝黑的钢笔水。每次作业发下来，上面都豁然印着她用红钢笔水批改的意见和打的分数，有时候可能是因为愤怒，红钢笔水都洇到作业本的背面，看上去有种不容置疑的权威感。这让我非常向往。我想，如果我能成为一名老师，我就能用红钢笔水写字了，多幸福啊！

我的同桌，那个总也不长个，总是成绩倒数，总愿意把一些毛毛虫放进我课桌的小男孩却想成为一名宇航员！他说他长大了要驾驶着宇宙飞船飞到天上去，和星星月亮一起跳舞！我同桌的理想在众多“俗气的，没出息的”理想中脱颖而出，简直有点石破天惊的意思。

几乎就要绝望了的我们的班主任，听到这个理想，非常激动，她热情地对我的同桌说：太好了！这个理想真是革命现实主义和革命浪漫主义的完美结合，大家为他鼓掌吧！

其实，我们根本不懂什么是革命的浪漫主义和革命的现实主义，但是既然班主任老师那样说，我们也就随着她鼓起掌来。老师的话总是没错的。

轮到张小曼了。张小曼是个沉默寡言又有些倔强的小姑娘，她没有父母，和奶奶一起生活。她奶奶在火车站站前广场卖冰棍，她们就靠卖冰棍赚的钱生活。

班主任老师问：张小曼，你的理想是什么呀？

梳着两个小辫子的张小曼站在光影斜落的木质课桌后，小声说：我想成为一个老太太。

大声点，你想成为什么？班主任老师又问。

我想成为一个老太太。张小曼略微提高了声音。

片刻的沉静后，全班同学都笑了，是哄堂大笑。班主任老师很恼火，这比那个“将来要在火车站卖包子”的理想更让她失望。

想成为一个老太太，这叫什么理想，这是理想吗？哪个女孩最后不成为一个老太太？真是胡闹！

没有人会预见到，那一天的哄堂大笑和那一天站在光影斜落的木质课桌后，梳着两个小辫子的张小曼成了全班同学的永恒记忆。

张小曼死了，死的时候十六岁。是为了救人而死，只是被救的人也死了。我无意评价她当时的举动，也不想列举她的事迹，我只是觉得非常非常遗憾。我的小学同学，善良的，做事有点莽撞的张小曼没能实现她想成为一个老太太的理想——那个大家原本以为这世界上最容易实现的理想。

没人知道张小曼当年为何会有那样的理想。

只是多年后当我们重聚时，当年的小孩们才发觉，原来张小曼的理想是人生中最不敢保证一定能实现的，同时也是所有理想当中最郑重的，最浪漫的，最忧伤的。

我的男二号

我读书的高中离我家很近，所以那时，我每天步行上学。我其他同学上学的方式也无外乎是这几种：步行，坐公交车或是骑自行车。但我的同桌和我们都不一样，他每天乘火车上学，就是那种往返于城市和附近小镇之间的短途火车。

我同桌的父亲是哈尔滨人，本来也在这座城市工作，在同桌念初二的时候，他父亲被单位调到哈尔滨周边的一个小镇工作，举家也迁到了那里。我见过他的父亲，是个黑脸膛，眉毛杂乱，身体很健壮的中年男人。同桌的母亲是什么情况，我不知道，他从来也不提，但我隐约感觉那不是他亲生母亲。

父亲工作的调动，使得同桌从初中二年级开始，便不得不每天一个人坐着火车到哈尔滨来上学。夏天还好，但冬天就很难受。哈尔滨的冬天非常漫长，非常寒冷，白天很短，特别是清晨，天色很暗很暗。我的同桌就是在这样“很暗很暗”的清晨去赶早班火车，放学后再顶着风雪去赶晚班火车。即使是一个年轻的小伙子，这也是非常辛苦的。

我不知道现在的高一学生上下学的时间是几点，但我们学校那时是早晨七点四十五分上课，晚上五点放学。而我同桌的火车，早晨六点就到哈尔滨火车站了，他背着书包，拎着饭盒，出火车站后再搭公交车，七点之前是一定能到学校的；晚班火车则是晚上八点多才开。

也就是说，我的同桌每天早晚都有一段时间，特别是晚上放学，别人都回家之后，他都是独自一个人待在教室里。这一段时间除了写作业，他就在学校的篮球场打篮球，或是绕着操场一圈一圈地跑步，要么就是看金庸的武打小说。

17岁的同桌其实是很孤独的。

后来，同桌开始叠幸运星。因为他突然喜欢起邻班的一个女生。我的同桌是一个俊朗的小伙子，学习成绩也很好，我觉得那女生一定会答应的。可当他拿着满满一罐子幸运星向那个女生表白时，对方却拒绝了，她说不能和同桌在一起，因为她花粉过敏。幸运星和花粉过敏有什么关系呢？虽说我也是女生，但有时也不得不承认，某些女生的心思真是奇特。

同桌不再叠幸运星了，原来叠的那些也一夜之间全都消失了。沉寂了几天之后，同桌一边拍着篮球，一边意气风发地对我说“大丈夫何患无妻”？

同桌又开始打篮球，绕着操场跑圈，或是读金庸的武打书。

有时，同桌会好几天不来上学，这大半是因为与父亲发生了争执，挨了打，离家出走了。同桌的脾气很犟，是迄今为止我所认识的最犟的男人。

离家出走对于17岁的同桌来说，好像是挺愉快的事。他对各列进出哈尔滨站的火车时刻表了如指掌。白天他坐着某趟短途火车去其他县城或是小镇瞎转，有时也去临近的城市看看。晚上住在火车站里，但几天就回来了，继续上学，好像什么也没发生过似的。他父母似乎知道他只是出去散散心，不会有什么危险，所以当他离家出走时，从来也不找他。

我和我同桌的关系很好，有点“哥们”的意思，他会给我讲他离家出走时的“见闻”，包括那些小镇，那些城市的风景。但每每讲完后，他都不无遗憾地对我说，和你说也没用，你也找不着那地方。

我问他，坐在火车上，你脑袋里都在想什么？

他说，这你都不知道啊，思考人生啊。

我从来也没思考过人生，我觉得那太深奥。但我也会给同桌讲一些我觉得有意思的事。每到这时，同桌就会用有点欣赏的语气说：“你真会讲故事啊。以后你当作家吧，写小说。别写什么情情爱爱的，你们女生就喜欢那些磨磨唧唧的东西，写武打小说吧，把我也写进去，写成一个武功盖世的大侠，策马江湖道，笑拥美婵娟。”然后他做了几个武打的动作。

我说：不管写什么，你都只能是男二号。

同桌说：为什么我是男二号？

我说：因为男一号我要以我男朋友为原型。

同桌说：嗤，你哪来的男朋友？

……

高二时，我去了文科班，同桌去了理科班。我问他，你将来想考哪所大学？同桌说，警官大学。他说，你呢？我说，电影学院。同桌笑着说，行啊你，以后别忘了把我写进你的剧本里啊，我是男一号。

我说，男一号要以我男朋友为原型，你只能是男二号。

我的同桌照例像以前那样说，嗤，你哪来的男朋友。

我的同桌没有参加高考，高三的冬天，天还没有亮，很暗很暗的清晨里，他像往常一样去小镇的火车站赶火车上学，风雪之中，没有注意到迎面行驶过来的火车。

……

我没有考电影学院。从另一所大学毕业后，也没有从事自己的专业，而是进了一家电视台工作。我把自己性格里最活泼最喧闹的一面给了我的工作，把最沉静最深情的一面给了我每天都在写的故事。

我希望自己将来可以写一个电影剧本，是怎样的故事，我现在还没有想好。但可以确定的是，电影里会有很多人物。其中的男二号会是一个少年时代就每天坐着火车上学的男人。成年后，他成了一个非常幸福的人，有很好的事业，美满的家庭，经常带着自己的妻子，一位温柔贤淑的美婵娟——周游世界，笑傲江湖。

从桥上走过

从我家步行到我三姨家只需要十五分钟。十五分钟里能发生什么了不得的事儿呢？当然是什么也没有发生。不过就是出门先左转，然后走上一座几分钟就可以穿过的铁路桥，下了桥，便是很没意思地继续吭哧吭哧走路罢了。

每逢年节，母亲总要给三姨家送些东西。当然，三姨也会给我们回送点什么。这是她们姐俩的习惯，多年如此，从未改变。她们之间送往的东西都很普通，不过是些米面豆油，鸡鸭鱼肉，青菜水果，或是针头线脑之类的东西。而我和我的表弟则是这“礼尚往来”的“传递者”。

“腊七腊八，冻掉下巴。”我生活的这座东北城市，现在已经进入到一年中最寒冷的日子里了。如果在这个时候来到哈尔滨，单只在雪地里站上十分钟，你就会感到自己的灵魂被这里的风雪冻成了一块晶亮而透明的寒冰，这块锋利的寒冰，眨着雪亮的大眼睛，在你的体内稀里哗啦地急速奔跑，很快你就冷彻骨髓。

但是就算天气再冷，我也会遵照我母亲的意思，走出热乎乎的暖屋子，去给我三姨家送水果和豆油。

我三姨和三姨父都是“知青”。“知青”这个词对于我来说是古老而遥远的，它的出现代表着粗粝，蛮荒，苦闷和彷徨，就像影视剧里演的那样。我三姨说起自己的知青生活会很难过，但又对它充满怀念。她们夫妻俩经常和兵团的战友们聚会。聚会的时候，他们喝酒，唱歌，拉手风琴，说些旧日有趣的事，怀念一下自己被扔在北大荒的那孤零零的，羸弱不堪的青春。

风雪中，我走上了那座铁路桥。桥下铁轨纵横交错，蜿蜒而行，枕木上是皑皑白雪，那些雪沃沃野野，直漫天涯。一个屁股兜里揣着工具的铁路工人拿着把小锤子，正在冰冷的油亮的黑色铁轨上，这里敲敲，那里敲敲。另一条铁轨上，一列很长很长满载着捆扎得整齐的圆木头的货车，慢吞吞地从他身边开过。

我三姨是在回城之后和三姨父结的婚，结婚的时候，她都三十二岁了，她是最晚一批回城的知青。十年前，她和我姨父分别从自己工作的企业下了岗，那些企业据说在五六十年代非常辉煌，后来则平淡得近乎破烂了。他们的日子也开始变得捉襟见肘，但三姨和三姨父很快就挺过来了。

“姐妹之间住得近一些是很好的，互相也有个照应。”这是我外祖父生前常说的。我母亲和我三姨有意无意地恪守着这句话。我和我的表弟也有意无意地恪守着这句话。

现在，三姨对于政府要给她涨一百多块钱工资的事欢欣鼓舞，她掐着指头日夜盼望着。这一对拥有敏锐贫困嗅觉的老夫妻知道，生活不仅要坚韧和勤俭，还要谨慎和知足。

走过这座桥，就要到我三姨家了。不远处，我看见我表弟正在雪地里笑盈盈地看着我。

是的，从我家步行到我三姨家只需要十五分钟。十五分钟是一个美丽的词儿，我常常在电影里看到一些发生在十五分钟里的故事，很浪漫也很动人。但是很遗憾，在我经年重复地去我三姨家的十五分钟里，什么故事也没有发生过，就是一个人拎着东西，吭吭哧哧地走路，仅此而已。

过去这样，现在还是这样。不同的是，过去走在十五分钟里的，是小孩子；现在，我是成年人。

这是一座亲情之桥。

勇敢的猫

我外祖母家的猫死掉了，是难产而死。

这只暗黄色的家养土猫侧身躺在一个铺着厚棉絮的纸壳箱子里，四肢摊开，尾巴弯成L形，脑袋蜷向前胸，身边是五只正在探头探脑，捅捅咕咕的小猫崽。

小舅把这只死去的土猫从鞋盒子里抱出来，埋去街边一棵高大茂盛的榆树底下。微风吹过，翠绿的叶子从那树上落下来，飘转着飞去别处，有几片则轻轻巧巧地停在这只暗黄色的土猫身上，和着她一起被埋进黑色的泥土里。

这场景当然会多多少少让人心里荡起几丝伤感的涟漪，但若是为了一只死去的家养土猫整日悲哀落泪，忧郁感怀，又似乎充满某种莫名的荒唐感。因此，猫之葬礼一结束，我们的日子便照例如昨日般平静地向前流淌起来。

日子要流去哪里？未来如何？于眼前看来，好像并不重要，毕竟，“未来”是一个虚幻的世界呵。但如何把土猫遗留下来的五只小猫崽养活并养大，却是眼前的一件大事情。这个颇为麻烦的大事情自然是由我外祖母来完成。

在我外祖母的精心照料之下，很快，小猫崽们就能趔趔趄趄地走路了，院子里充满了令人愉快的鲜活生命力。后来，外祖母把其中的四只送给了亲友，只留下一只小母猫。比之于她的兄弟姐妹，这只小母猫的身材羸弱瘦削，身上的黄毛浓疏不均，颜色清淡，远远望去，像生了大病，很是难看。

不仅如此，她的脾气亦不是很好，经常莫名其妙地在院子里横冲直撞，主动挑衅其他动物，简直“不管不顾”，“肆意妄为”，用今日之词来说，她真是非常“自我”，很有“个性”。

小黄猫长大了。这时，我们才发觉，她原来是一只身材颇为妖娆，虎皮纹状的猫。

这只成年的虎皮猫，眼睛里开始时常闪现出带有某种魅惑感的目光。她变得深沉起来，喜欢爬到树上，冷冷地眺望远方，远方有什么呢？我不知道。无论如何，于人类来看，远方的风景总是很美好的，对猫来说，当也是如此吧？有时候，这只猫会突然从树上蹿下来，跳出院墙，拱背蹑足，昂首飘尾，跃过一个又一个邻家的屋顶，倏然远逝。

我外祖母家住的这条街都是平房，每一家都有院落。那时候的哈尔滨亦没有现在这样多的高楼大厦，宽桥阔路。大多数百姓居住的都是带有庭院的平房，道路也多为泥泞的土路。因此，若从空中俯视这座城市，状若乡村，常有野猫在夜里逡巡。为了争夺领地，猫群之间时有激烈争斗。争斗的主要地点便是各家的房顶。那时候，于夜里听见猫群的厮杀声是很平常的事情，当然也一定会有野猫在争斗中受伤或死去。想来猫之世界也是残酷异常呵。

长期活动在我们这一带的野猫大约有四五只，其中的一只公野猫便是他们的首领。这只公野猫非常凶猛，动作凌厉，眼睛圆似满月，亮如闪电，披一身黑亮油润的皮毛，身材健硕，像一只小黑豹子。最奇怪的是，他的脑门上独长有一丛黄褐色的毛，那丛黄褐色的毛长长地垂下来，遮住他的一只眼睛，那样子颇像电影里的海盗船长。

这只“海盗野猫”常常带着他的几个兄弟与其他野猫打架。有时候，还会偷吃人们的食物。我们这一带的人经常能看到他，特别是在月夜里，他昂着头，闪着灼亮的眼睛站在人家的房顶上。

这只黑色野猫天天晚上在外祖母家的房顶上焦躁徘徊，引颈嚎叫，直至虎皮猫出现。不管我们怎么吓唬和警告，他也是照来不误。

终于，虎皮猫和这只野猫“私奔”了。她是我们这一带迄今为止唯一的一只嫁给野猫的家猫。

猫群的争斗照例在继续进行着，仍旧会有野猫受伤或死去。他们究竟在争些什么呢？天知道！这只虎皮猫当然也加入其中。偶然，我们会看到她和她的丈夫一起，从院子里，房顶上，大街上，榆树上，双双疾风般凌厉而过。只是，她不再和我们亲近，也不回来。她变成了一只真正的强悍的野猫。

下雪了，东北的雪是很大的，房顶上的积雪足有半尺厚，晚上，我们从亲戚家做客回来，一路冻得像个红萝卜。打开自家的院子门，房顶上的雪簌簌而落，雪片顺着脖梗滑到脊背上，让人直打激灵。仰首而看，皎洁的月光之下，两只野猫正站在落满厚厚白雪的房顶上。

是冷峻桀骜、无限绝望的虎皮猫和她伤痕累累，即将死去的丈夫……

小舅搭着梯子爬到房顶，小心地给他们放了些食物。凌晨雪雾的时候，我们发现黑野猫死了，虎皮猫不知所踪。外祖母不让小舅挪动那只已经冻得硬邦邦的黑野猫的尸体。仰望积雪的房顶，我看到黑野猫头上那一绺黄色的长毛在寒风中来回飘荡。

数日之后的夜晚，虎皮猫回来了，她身上被撕咬了很多伤口，嘴里却还噙着一缕带血的猫毛。她是给自己的丈夫报仇去了吗？我无从知道。只知道，她看上去非常虚弱，一定是刚刚经历了一场惨烈的战斗。

这只虎皮猫躺在积雪的房顶上，样子如她的母亲一样，四肢摊开，尾巴弯成 L 形，脑袋蜷向前胸。

她死了……

很快，她的身体就变得硬邦邦的。

童年的我心里突然有些难过，不知道为什么，我只记得，我当时很想用手指戳一下她的身体，仿佛只要这么一戳，这只勇敢的猫就会立刻双目圆睁，鱼跃而立，然后蹭地一下蹿出门外，和那只黑色的大野猫一起，拱背蹑足，昂首瓢尾，跃过一个又一个邻家的屋顶，倏然消失在大东北茫茫无尽的雪夜里。

第四辑　你离开时的背影

一封信，一部电影，一次远足，一方庭院，一部菜谱以及一座博物馆……它们都是我面对这个世界时，微笑的容颜。

云中谁寄锦书来

古人之书信，有两封我一直非常喜欢，每每读之，心神流转：一封是东晋书法家王羲之写给朋友的《快雪时晴贴》；另一封是吴越王钱镠写给夫人戴氏王妃的信。《快雪时晴贴》说，羲之顿首：快雪时晴，佳。想安善。未果为结，力不次。王羲之顿首。山阴张侯。

启功先生将其翻译为：山阴张先生，你好。刚才下了一场雪，现在天又转晴了。想必你那里还好吧。那件事情还有没有完结，心里郁闷。你家送信的仆人说，不能在我这里多停留，要赶快回去，那我就先写这些吧。王羲之敬上。也有人把“未果为结，力不次”译成：上次的聚会我没有参加，心里很郁闷。

但我喜欢启功先生的翻译，尤其喜欢他将“力”译为“送信的仆人”。感觉这个翻译使得这封信一下子翩然活跃，意境优美起来：急着要回去复命的山阴张侯家的仆人；穿着东晋时代宽衣大袖，飘然如鸿的袍子，伏案回信的王羲之；小窗外白雪中的亭台楼榭，空气中必然还弥漫着沁人的清凉——这本身就是一幅极美的中国画。

有人说，王羲之写这封信时，心情是愉快的。我并不以为如此，相反，信里的“怅惘叹息”之情倒是清晰可见。一千七百年前的王羲之究竟因何事而心中郁结？他信中所说的“那件事”是什么？是未参加成某次的朋友聚会？还是因为未能完成朋友所托？抑或是自己另有心事？虽然至今无人说得清，说得准，但氤氲在这封信里对于尘世繁杂之事，欲说还休又简静平和的心情，纵是隔着一千七百年的路程，依旧缓缓流入今人的心里。旧时心情与旧时明月一样，古今相通。

《快雪时晴贴》打动我的，不仅仅是内容本身所含的某种人生况味，还由于深深佩服王羲之在怅惘叹息，辗转郁结的心情之中，于很短的时间内，仍能写出如此平稳优美，意疏字缓的书法作品。我不想从“书法专业”的角度去评说这封信，但我想借用两个词来形容“这个人”：古雅逸裕，似山蕴玉。这远非常人可以做得到。

……

另一封是吴越王钱镠写给他的夫人戴氏王妃的信。戴妃是个农家姑娘，常会回乡下娘家看望父母。钱镠虽武将出身，却是心思细腻，用情深厚之人，最思念这个糟糠结发之妻。戴氏在娘家住得久了，便要带信给她：或是思念、或是问候，其中也有催促之意。那一年，戴妃又去了娘家。钱镠在杭州料理政事，一日走出宫门，见凤凰山脚西湖堤岸，桃红柳绿，万紫千红，想到与戴氏夫人多日不见，生出思念。回到宫中，提笔写了一封书信，其中有这样一句：“陌上花开，可缓缓归矣。”就是：夫人，你那里田间阡陌上的花一定也都盛开了，我知道你喜欢花，你一边赏花，一边慢慢地回来吧。

钱镠既想让夫人早点回来，又怕她不尽兴，寥寥数语，情真意切，细腻入微。我不知道他的夫人读过这封信后，是怎样的心情。确是我读过的情书当中，最暖意融融，浪漫柔和的一篇。

“尺素如残雪，结成双鲤鱼，要知心中事，看取腹中书。”《快雪时晴贴》和“陌上花开”这两封信，一封是写给友人，一封是写给爱人。虽然前者是抒发歉意和无奈，后者是倾诉思念和体贴，却都平实温馨，情致无限。

手机，电脑的出现，让手写书信变得没有那么必要。但在感慨现代科技的瑰丽和奇异之余，又觉得少了点什么。少了什么呢？也许，是少了凝神屏气的等待，少了气定神闲的缓慢；少了我们中国人自古以来对于生活的一种云淡风轻的优雅态度，一种饱满自然的审美情怀……

这真是遗憾又无奈的事情。

早春二月，正是“快雪时晴，陌上花开”之时，在温暖的春风里手写一封书信吧。哪怕只写一句话，哪怕写完之后觉得自己，哦，真可笑，又撕掉。“欲寄彩笺兼尺素，山长水阔知何处？”你心里的信，会寄至哪里呢？而谁，又在远方思酿着那封要写给你的信？

电影与深情

经常听到有人这样说："有时候，我会突然心有所动，放下手头的工作，搭乘最早的航班，一个人去另一座陌生的城市看风景。"我去电影院看电影的心情，与此非常相似。换句话说，一个人买张飞机票去远方，和一个人跑去电影院看电影，说到底，都只为了让自己的灵魂和心情自由地跳一会舞。这种自由起舞的背后，苍然隐藏着某种浪漫而孤独的伤怀之美。

孤独，是生活在这个星球上的人类共有的感觉，它与你目前是否生活在"幸福"或"不幸"之中毫无关系。既然"孤独"是一个人一生都挥之不去的东西，那么我希望我的"孤独"醇厚而娴静。所以，看电影便成了"妆扮"我美丽孤独的方式之 。

对于电影的种类，我不挑剔。武打也行，搞笑也行，悬疑也行，枪战也行，动画片也没问题，赶上什么看什么。我不善于用冷静、理性且带有学术性质的思维来评价一部电影，所以我一直对"影评人"很钦佩，我不行。我甚至不能完整记得那些电影，特别是外国电影里的男女演员的名字。但这不妨碍我以一个普通观众的身份，经年累月，乐此不疲地跑去电影院看电影。

我常常被电影里所呈现出来的"深情"，哪怕是偶一闪现的"深情"所打动。这种"深情感”的产生，不仅仅来自编剧的台词，导演的思想，也来自演员的演绎，摄影的构图，服装的设计，音乐的壮美……所谓深情，就是这部电影，从宏观来看，它是否有唤起起人类共有情感的魅力。从微观来看，是否深深地打动了我，令我长久地，哪怕是一瞬间地为之动容，为之潸然泪下；或是为之心驰神往，无法释怀。

喜欢《燃情岁月》导演的野性与内敛；喜欢《肖申克的救赎》里智慧的台词；喜欢《艺术家》里优美的音乐；喜欢《贫民窟里的百万富翁》不着任何痕迹的摄影；喜欢《雨果》里无法用语言形容的服饰……它们都毫无悬念地打动了我，都深情无比。

而那些仅仅几分钟的电影瞬间，也让我难以忘怀，甚至多年之后，仍然影响着我的思想。小时候看前苏联电影《两个人的火车站》，当男女主角坐在雪地上拉手风琴的时候，不知道为什么，我感到一种强烈的震撼感；看日本电影《寅次郎的故事》时，心酸之情无法形容；看米兰昆德拉的《布拉格之恋》时，心中缠绵固结；而当杜拉斯的那部《情人》刚刚出现开头部分苍老的画外音时，我的心跳都停止了；而当安东尼霍普金斯穿着笔挺的管家制服，撑着伞，强抑内心波澜，在雨中注视着艾玛汤普森扮演的女主角，乘着车缓缓离开霍华德庄园时，我则在心里呐喊：我不要，不要，不要过这部电影里的生活！不要这种明明相爱，却不能在一起的爱情！当《喜剧之王》里的周星驰扮演的那个被别人嘲笑的跑龙套的人，坚持说“我是一个演员”的时候，我潸然泪下。这句话里蕴含着一个小人物无限的自尊，无限的心酸，无限的泪水以及对生活无限的热爱。我不能忘记这些深情的瞬间，这些“深情瞬间”里隐藏着那样真实厚重，却又欲说还休的生命状态。

那些电影人在短短数十分钟内，不动声色地用自己的创造力，想象力，讲述人生的滋味和智慧。他们把对人类灵魂的深切关照和悲悯，与一幅幅冷静的胶片中优雅呈现。若是没有经历过泪水与汗水的切肤之痛后，仍饱有对于生活的热爱和尊重，是拍不出打动人心的电影的。我钦佩那些拍出深情电影的电影人。

我们都是些小人物，正如电影《卡萨布兰卡》里所说，“我们只是这个‘世界’的点缀”。可电影却用它天使般的美丽，点缀着我们这些平凡人的“世界”。所以，当你感到孤独和枯燥的时候，去电影院看场深情的电影吧。让你的灵魂和心情自由地与电影中的人物跳一会儿舞。以身外身，做梦中梦，你会发觉，有电影点缀的生活是多么波澜壮阔，浪漫迷人。而你，就是那些深情电影中的主角。

去萧红家

一座城镇里若曾生活过一位本土的“传世”作家或学者，对于这座城镇来说，无疑是件相当幸福的事情。他们的存在，在令这座城镇充满传奇般的迷人魅力的同时，也令当地居民产生一种深深的文化自豪感。仿佛福克纳之与奥克斯福，康德之与哥尼斯堡，沈从文之于凤凰……

而对于一个哈尔滨人来说，在波斯菊妩媚绽放的六月，开一部湖蓝色的车子，沿着微雨中的国道，去民国时期的“文学洛神”，东北女作家——萧红家看看，更是倍感愉快而亲切的事情。

萧红的家位于呼兰区，从哈尔滨市区驱车前往，不过一个多小时的路程。“呼兰”原本是座面积不大的小城，几年前并入哈尔滨市，成为这座城市一个前途无量的新区。

车子行驶在东北平原辽阔的土地上，道路两侧大片大片的波斯菊扑面而来，这些姹紫嫣红的花朵在密雨之中曳然舞蹈，浪漫动人。比之备受莫名推崇的普罗旺斯的薰衣草，我家乡的这种野花竟是如此自由，如此温柔，如此野味十足——少女时代的萧红便是在那一年的六月，沿着一条两侧绽放着大片波斯菊的泥泞小路，离开了呼兰。

那差不多是八十多年前的事了，时间过得真快啊。

密雨之中，车子开上一座桥，桥下河水清波

荡漾，妩媚多姿。这便是著名的呼兰河了。每年中秋一过，这座小城的天气会和哈尔滨一样，唰的一下凉下来。接着，小雪会在某个初冬的傍晚，不经意地簌簌落下。这些柔弱的小雪花，怯怯地从清冷的朗月身边飘落到呼兰河上，然后在银亮旖旎的月光的照耀之下，随着河水缓缓流向未知的远方。萧红的家就坐落在呼兰河畔。

萧红祖上是山东人，大抵是为了生计吧，他们迁到了东北，最后在呼兰定居下来。萧红的父亲是呼兰当地的乡绅，据当地人说，他的父亲对人和蔼慈善，谦逊有礼。但在女儿的笔下，这个父亲却十分冷酷自私，不近人情。这完全可以理解，一个小女孩，丧母不到四个月，父亲就又立刻再娶。换作是我，也会无端憎恨和敏感起来。更何况，这世界上又有几个后母会像对待自己亲生孩子一样，对待丈夫前妻的子女呢？必是客气地疏离吧。

在这个关系复杂的大家庭里，萧红虽然衣食无忧，但内心一定是孤独寂寞，渴望被关怀，被重视的。所以，在萧红眼里，隔代的祖父才是这个世界上最爱自己的人。事实上，萧红离家后，她的父亲曾多次派家人去找她，让她回家。但萧红始终也没有回来。这是一个迷信爱情，不相信亲情的姑娘——哪怕那个爱情是披着“深爱”的外衣，哪怕那个亲情是打着“冷酷”的幌子。对于这个固执的女孩来说，祖父才是家，祖父死了，家也就没了。

在阅读萧红的日记和随笔时，我发现她的情感世界非常孤独清冷，在她的文字里，看不到如冰心或是林徽因般被某个男人一生一世，不离不弃守护时的丰润和踏实感。与不同的男人同居，怀孕，分手，再同居，再分手——一生颠沛流离，永远居无定所，永远被“有意无意地抛弃和忘记”。就算是在观念 open 的今日，这也是令人痛惜和遗憾的事情。性格决定命运，任性而倔强，敏感而多情的女子们，命运大多会如此吧。真是可惜了这个姑娘。

二十九岁那一年，孤独的萧红怀着对故乡的深切眷念，开始在潮湿而闷热的香港，创作长篇小说《呼兰河传》。二十九岁，无论如何，这是个相当年轻的年龄，宛若当今的“八零后”。但是，天才从来都是与年龄无关的。萧红用天赋的才情描写全人类共有的神情和姿态，读之，不由为之震撼和感动。正如俄罗斯作家索尔仁尼琴所说：“一个作家的任务，就是要涉及人类心灵和良心的秘密，涉及生与死冲突的秘密，涉及战胜精神痛苦的秘密，涉及那些全人类适用的规律。”

我想，对于一个作家来说，除了以上的认知，若没有天赋的才华，没有对故乡无限的眷恋和依赖，对“美”温柔而深情的向往，以及挥之不去的，充斥在创作者灵魂深处那无限的孤独和苦痛感，是写不出那样的文章的。

《呼兰河传》仿佛一幅于静夜之中蔓延展开的东北风情画：浮世影像，白雪人家。东北风情以浪漫优美的姿态无限曼妙地出现在读者眼前。一部《呼兰河传》令众多热爱文学，笔耕不辍的民国女子们黯然失色。虽然除了张爱玲，我的确是想不出还有哪位女子可以和萧红比肩坐进民国文学的庙堂。但是，比之用炫色丝线般的文笔在“颓丧时光”里描绣“老公馆故事”的张爱玲，我本人则更加喜欢萧红沃野千里，无遮无拦的天赐情怀。

雨越来越大，我加快了雨刷的速度，雨水在挡风玻璃上落下，又离开。车子的收音机里传出温柔的粤语歌曲。这种方言离我家乡话的发音，是如此遥远，我完全听不懂，对于那个东北姑娘萧红来说：粤语，这是何等陌生的语言呵。

三十一岁，萧红一个人孤单地客死香港。三十一岁，锦绣年华。弥留之际，这个姑娘是否还记得盛开在1930年6月，那姹紫嫣红的——故乡的波斯菊？

年轻的姑娘，你为什么不回家呢？单只是为

了冲破封建礼教的牢笼，打破旧时代的枷锁吗？这个理由，我是不大相信的。若有来世，不要这样执拗罢——除却“平庸的读者”和“才华横溢的女作家”这样的词汇，同为女人，我心里对那个年轻的姑娘这样说。

车子滑过一个彩虹般弯曲的弧度，下了桥，呼兰区到了。转过一条繁华的大街，我放慢了车速，把车子停下来。下了车，我撑着一把黛青色的雨伞推开萧红家的大门，雨中，萧红的雕像静静矗立着。我知道，她在家——

寂寞庭院寂寞花

城市里那种寻常百姓家的庭院，很多都消失了，连同曾经生活在这里的青草，花朵，蔬菜，蜘蛛网和那些鲜活的人们。夹树街上的庭院也是如此。夹树街上的庭院比之这个拥有中央大街，极乐寺，索菲亚教堂，以及满城灿烂丁香花的城市来说，那的确是一个不值一提的地方。

十几年前，这里还只是一条凹凸不平的土路。有雨的日子，整条街都被淹没在水雾里，孩子们喜欢用那些柔软而湿滑的泥巴在街边围成矮矮的堤坝，把雨水堵在里面。当然，也一定会折几只纸船放在水上，斜风细雨之中，纸船快乐地旋转着，旋转出夹树街居民们的纯真年代。

街的对面通常会种着大片向日葵，金灿灿的，满眼都是，偶尔也见夹植其间的豆角，茄子，柿子和野生的黑星星。阳光在葵花的叶隙间悠闲地溜达着，风一吹，就忽拉拉地飞出一大群色彩斑斓的蝴蝶和蜻蜓。那是我所见过的最灿烂的阳光：温暖，轻柔，明亮，充满无尽的慈祥。而街的另一边，则是一个又一个拙朴的俄式庭院，庭院里住着我们——这个城市里最清贫也最快乐的布衣。

其实，那不过是一些极普通的庭院罢了：墨绿色低矮的栅栏门，米把宽的碎石子路。庭院里的房子大多是用石头或者红砖垒起来的，通常会带有一个凉亭，里面摆放着各式的盆花，像透叶莲，君子兰，茉莉，米兰，仙人掌等，并不是什么名贵的品种，但于炎热的夏夜在这里乘凉，一家老小，说话赶萤，却是其乐融融。

几乎每家的庭院里都会种着几棵果树——或樱桃，或梨，或葡萄，或沙果。恰是开花的季节，满街都是一簇簇的姹紫嫣红。我住的那个庭院里就有一棵高大的杏树。春天一到，便绽开一树粉白色的花朵。风一吹，颤颤巍巍，清香无比。夹树街的孩子们就是在这样的庭院里长大的，我也是。

夹树街上的人都很和善，民风淳朴。偶尔有谁当了芝麻大的小官，街上的人就都很尊敬他，而当官的人也从不摆架子。都是从小一起长大的，谁不知道谁啊。天气一暖，大家都搬出小板凳来，坐在街边吃饭。谈谈茄子的长势了，谁家的媳妇把酸菜腌坏了，谁被工厂评为先进工作者等。对于夹树街的人来说，生活就像缸里的凉水，清清亮亮，自自然然。

母亲因为工作所累，不得不把我送到夹树街上的一户人家照顾。每到周末，我就在院子里的碎石子路上等母亲来接我。而站在我身边的就是照顾我的那个老太太，我叫她苗姥姥。苗姥姥很瘦，不很高的个子，微微有些驼背，灰白色的头发挽成一个发髻，穿一件带大襟的粗布上衣和一条肥大的浅灰色裤子，裤脚用灰色的布带系得紧紧的，露出小小的脚。苗姥姥对我非常疼爱。她常常一边给我梳小辫儿一边对我说："你妈要是问你想不想家，你就说不想。"

"嗯。"

"你妈要是问你回不回家住，你就说不回。"

"嗯。"

她老人家鬓边的白发，像庭院里结的灰吊子，在晚风中荡荡停停。飘落在我肩上的杏花花瓣则更像时光的精灵，在我生命的隧道里翩跹飞舞，若隐若现。

如今，夹树街上鳞次栉比的庭院像这个城市其他的地方一样，大部分都被拆掉了。我的那棵侥幸活下来的杏树在林立的高楼间兀自开满一树粉白色的花朵，默默地昭示着旧时庭院的喧哗。举目眺望，城市里万家灯火。苗姥姥故去了，我却长大了。走出庭院的夹树街的子孙演绎着新的故事。或许，这就是一座城市的生命流程……

我的菜谱我的你

我第一次对生活有了梦想和憧憬与一本书有关，这本书叫《国际菜谱》，作者是“北京友谊宾馆《国际菜谱》编写组”。它有 A4 纸那么大，共一百六十九页。1983 年 7 月第一次出版，1986 年 4 月第二次印刷，售价四块八毛钱。我家里的这本应该是 1986 年的那版，是父亲买的。

那时候，我还是个小孩子，对这个世界不了解，不知道它到底有多大，有怎样的人群，过着怎样的日子。我以为：别人都和我一样，说同样的语言，看同样的风景，吃同样的饭菜——但当我有一天为了找一本童话书，而无意中发现了这本由北京友谊宾馆编写组编写的《国际菜谱》时，我的世界蓦然丰富绚丽起来。

对我来说，这本书上的每一道菜都是一幅画，一种风情：

新鲜的鲈鱼切成十片，每一片卷上一种特质的馅料，分别包在樱花的叶子里，放进器皿里蒸熟，就是漂亮的日式樱叶包鱼。这道菜会让我想到某个厨师在日本海岸边的渔船上选择新鲜鲈鱼，然后在盛开的樱花树下采摘花叶的情景。卷鲈鱼片和将其包进樱花叶，都需轻柔的动作。喜欢做这道菜的人，一定雅致细腻，和风浓郁。

熟土豆和茶肠切片，煎成两面金黄，撒葱头末，香味溢出后，浇调匀的牛奶，鸡蛋。凝为一体时，翻转过来在文火上煎熟，这是德式茶肠土豆炒鸡蛋，是德国农夫的早餐。穿着背带短裤，系着长长绑腿，帽子上插着羽毛的德国农夫，在阿尔卑斯山清晨薄雾笼罩下的小木屋里，愉快地吃着胖胖的妻子做的茶肠土豆炒鸡蛋，窗外隐约传来有很多颤音，很德国的民间小曲。想想就觉得温馨无比。

而叙利亚式羊肉柿子排，是用烤炉烤熟的，烤的时候要用深边的盘子；美式螃蟹杯要把做好的螃蟹肉，盛在香槟杯里，记住，一定是香槟杯；做古巴式黑豆烩板肉，要用葡萄干和白葡萄酒调剂口味。还有缅甸式油焖猪肉，阿尔巴尼亚式核桃蛋糕，哥斯达黎加鸡饭，顿河鲟鱼汤，突尼斯式羊肉三角，印度式馅饼……

每个菜名后面都附有英文，烤笋鸡是 roast spring chicken；火烧巧克力冰激凌是 flame chocolate ice cream；巴基斯坦式菠菜三角是 three corners spinach pie，Palestinian style，那些英文的发音缠绵固结，莹润回转，以至于我有相当一段时间对菜谱上的英文饶有兴趣。

他们用我完全不熟悉的调味料做菜：紫苏，莳萝，罗勒，鼠尾草，桧树果，迷迭香；用白兰地，葡萄酒，朗姆酒，代替我们通常所用的料酒，黄酒，米酒。这一切对我来说，都非常新鲜有趣。

我不能说这些菜一定好吃，一定合乎胃口，也不能说那些异域风光就一定美轮美奂，其实我本人更喜欢中餐。但这不重要，重要的是这本一共有1253道美食的《国际菜谱》，带给我一种前所未有的自由感和辽阔感。我第一次深切地知道，原来这个世界上，有那么多人和我说着不一样的语言，看着不一样的风景，吃着不一样的饭菜——这让我对他们生活的地方感到神奇和向往，我开始对生活有了憧憬和梦想，梦想有一天可以走遍这本菜谱上的那些国家。

……

我的日子在好像发生了很多事，又好像什么也没有发生中，过去了……

有一天，我走在北京的街道上，已经走过去了，我又停下来，退回，站住。因为我看到一幢建筑，一束阳光闪烁在它的身上，光影之中，我看见了几个字：北京友谊宾馆。

我一下子想起那本由北京友谊宾馆编写组，编写的《国际菜谱》，想起自己还是小孩时照着介绍偷偷做印度馅饼时，差点给家里酿成的一次火灾；想起自己少女时代，因为看见喜欢的人牵着另一个女孩的手而倍感难过，喝光了本来打算做焖鸽子的樱桃白兰地；想起给朋友们讲述，若能在南美灿若红霞的赛波花树下，吃阿根廷桃梨烩牛肉，该有多浪漫时的手舞足蹈——我那些少不更事，意气风发的岁月，在北京友谊宾馆的光影闪烁之中清晰如毫。

编撰这本《国际菜谱》的人也已垂垂老矣了。春柳冬雪，花开花落，这原就是生活本来的样子呵！一群鸽子从天空中飞过，鸽哨声渐渐消失在时空某个令人心动的交叉点。

站在北京友谊宾馆门前，我想，如果有一天，上天让我终于遇见了你，你是否可以带我去北京友谊宾馆吃西餐？虽然我可以自己，也可以和朋友们去任何一座城市的西餐厅，吃精美的菜肴。但北京友谊宾馆的西餐厅，我却只想和你一起去。在那里，我会碎碎叨叨地给你讲我和我的《国际菜谱》的故事，然后告诉你：我爱你。

博物馆之恋

我还是学生时，经常一个人乘坐学校附近的 11 路公交车去“泡”黑龙江省博物馆，这是我生活的城市里一座很有名的博物馆，是一幢有着漂亮的深红色穹顶的巴洛克式建筑。我不懂博物馆里那些藏品的学术价值，但却很喜欢它们带来的那种与众不同的安静感，以及可以触摸凝固时光的质感心情。

我一般会在这座博物馆里待很长时间，盯着一件东西，比如说，一块雕花的断壁残垣，一颗恐龙的牙齿化石，一幅仿制的古代字画，一柄完全看不到人影的铜镜……看很久很久。当看到温庭筠写给渤海王子的诗“九门风月好，回首是天涯”时，便心生唏嘘了。

泡完博物馆，就和约好的三两个朋友，去对面国际饭店里的巴黎面包房，吃刚出炉的热乎乎的烤面包，喝香喷喷的现磨咖啡，以及朗姆酒口味的冰淇淋球。我们那时都很年轻，很漂亮，且充满活力。当然，我也一定是每次聚会的组织者和“主说”者。

当年我泡完博物馆，走进对面国际饭店的“巴黎”面包坊时，并没有想过自己有一天会走进法国巴黎的另一座博物馆——卢浮宫里。记得那天我夹杂在一群穿着艳色沙丽，皮肤暗黑，眼窝倦怠，脖子上，手指上，胳膊上戴着繁杂金饰品的孟加拉国女人里。她们耸着肩膀，不断翻转着手掌，嘁嘁喳喳地谈论着我们面前一幅尺寸不大，但却四海名扬的画——《蒙娜丽莎》。

尽管我一直认为，所有能传世的艺术作品的创作者，都具有在感性基础上进行优美而出世的理性表达的特征。但是，透过那群孟加拉国女人晃动的金饰品和沙丽的影隙，我还是“看见”一股圣洁而平静的忧伤之水从那幅画里流淌出来，这忧伤不是来自画里的蒙娜丽莎，而是来自达·芬奇本人。

……

在人们心中，《蒙娜丽莎》是一幅有魔力的画。我觉得这有点像《红楼梦》，一批谜底揭晓了，另一批疑问立刻接踵而至。一些学者对于“疑问”过多的探究和好奇，以及对这种探究和好奇的自信，让《蒙娜丽莎》失去了作为一幅画原本具有的“单纯性”。如果一个人的心远离了“单纯”，那你就永远不可能看到上帝是如何假以创作者的手，为你推开天堂的大门，在你面前展示的那一幅美丽风景。

我后来每每想起卢浮宫里的这幅画，眼前都会出现那群皮肤暗黑，穿着艳色沙丽的孟加拉国女人，同时出现的还有那句歌词“蒙娜丽莎她是谁?”这是一个奇怪的记忆组合。

蒙娜丽莎，她是谁？

她是一幅我爱的画。

另一个展馆是一个宽敞的大厅，参观者寥寥。两侧墙壁上悬挂着许多世界名画。一个胳膊上文着一朵小小三叶草的黑头发的法国女孩，正在临摹德拉科罗瓦的《自由之神引导人民》。这是我本人非常非常喜欢的一幅绘画。喜欢是因为我觉得绘画这东西，除了“技术”“天赋”“经验”等之外，恐怕还需要点“莽撞的勇敢”和无所畏惧的精神。这样说，不单单是就这幅画的内容而言。

黑头发的法国女孩神情专注，运笔方式虽稚拙，却自信。我站在那里，她坐在那里，时光就这样与正在观看和学习德拉科罗瓦作品的一站一坐，一东一西的两个人中，飞过去了。

博物馆的光芒，不仅仅来自那些优秀的艺术作品，也来自在这里学习的人们。他们在这里吸收营养，汲取精华，然后走出博物馆，在生活中在生命中，传播美，并创造新的“美”，这是博物馆得以存在的根本。

卢浮宫是一座藏品波澜壮阔，气质极具帝国风度的博物馆。在这个世界上充满“帝国风度”的博物馆只有两座：法国的卢浮宫和中国的故宫博物院，尽管我们的故宫博物院是如此空空荡荡……

其他的，用有特色形容也行，有底蕴形容也行，有历史和文化的厚重感和沧桑感形容也行，但唯独用“有帝国风度”来形容，差强人意。当然，你也可以理解为我去过的博物馆还少。但是置身于卢浮宫，我的心里在为我们的故宫感到遗憾之余，的确是还掺杂着绵绵的自豪。

我在不同类型的博物馆里，仔细地看过很多或远古或现代，或雅致或粗糙，或严肃或滑稽的展品。但唯有在大英博物馆时，却什么也不想仔细看，只想在这座博物馆里静静地坐一会，多坐一会，再多坐一会。这就好像当春天来了的时候，你不必非得近距离去观赏每一朵花，每一波江水，每一只歌喉婉转的飞鸟，你只要静静地坐在春风里，感受春的气息，就可以了。

所以，在大英博物馆时，简单地看过那些展品之后，我便坐在展馆的长凳上，沐浴在博物馆的春风里，于人来人往之中，守护着自己内心小小的悸动。

……

阳历三月的哈尔滨依旧春寒料峭，朔风凛冽，空气中微有雪意。我又来到我生活的这座城市的博物馆。一座城市里有一个，或几个博物馆是很美好的事情，无论它们是否著名。尽管你可能从来都不去博物馆，但你家乡博物馆的名字，一定会让你的心灵充满厚重感，踏实感，以及从遥远过去飘散过来的诗情画意。至少于我个人来讲，是这样。

我没有把车停进博物馆的停车场，而是停在紧邻 11 路公交车站的一条小街上。我想像学生时那样，沿着下车的公交车站台，走着去黑龙江省博物馆。这幢有着漂亮的深红色穹顶的、巴洛克式风格的博物馆，如今正夹杂在两侧商铺的繁华里。

细小的雪从天上飘下来，我走进博物馆的大门。我又站在那块雕花的断壁残垣，那颗恐龙的牙齿化石，那幅仿制的古代字画，那柄完全看不到人影的铜镜面前看了很久很久，一切都仿佛昨天。看过很多博物馆，最后却还是我生活的这座城市里的博物馆最让我心驰神往，因为它是我青涩岁月里的一朵花，曾经被我格外用心地插在时光的发间。再次站在这里，我依旧如当年般无限感慨。

“九门风月好，回首是天涯。”

走出博物馆，雪雾之中，我看见当年那个泡过博物馆后，飞奔到对面的巴黎面包坊，手舞足蹈无限欢乐地给朋友们讲故事的“主说女孩”，轻盈地消失在岁月的风雪里。我对她的背影说，放心，一切都还好。然后慢慢向泊车的地方走去。

是的，一切都还好，唯有巴黎面包坊不复存在。

车窗外的雪越来越大，那些雪花非常缠绵，非常飘逸地落进城市的怀抱里，落到我的风挡玻璃上，落在渐渐远去的博物馆深红色的穹顶上。

我想，这应该是三月里最后的一场大雪了。

第五辑　寄给时光的信

那些悄然流动在日常“市井生活画面”背后鲜活而生动的“生存百态”，总是让我异常难忘。

骤雪初歇的东北夜晚，透过婀娜飘逸的云雾，我看见我人生夜空中那些叫做“陌生人”的星星，忽然散发出闪亮的光芒。

从现在开始你叫汤姆

现在是江南的梅雨季节。上海正在下雨，雨水细密急促，打在身上却未感清凉，反倒觉得粘腻而缠绵。

安顿好住处，撑着伞，我独自慢慢地，心平气和地走在上海满城飘着淡淡白玉兰花清香的气息里。

雨越下越大，肩膀被雨水淋湿了大半。我想，该找个地方避避雨，顺便吃点东西吧。

眼前是一幢古旧的二层小楼，门上悬着铁艺的招牌，墙壁上爬满翠绿的藤萝，藤萝在上海的雨中透着晶莹的色彩，雨水顺着它们的枝叶滴滴答答地流下来，大片大片的藤萝就这样精神抖擞地在墙壁上蜿蜒。

抖落雨伞上的水珠，我推门而入，门上的铃铛清脆作响。不大的堂面摆了四五张餐桌，并没有客人。一个短发皮肤白皙的年轻女子正坐在窗前独自发呆。我想，在这样的梅雨天气里人是很容易倦怠的。她见到我，并没有太多的热情，只是冲着二楼喊，露西，有客人。

一个小姑娘，穿着带背带的淡黄色小短裙，从二楼噔噔地跑下来，呵，她真像一朵盛开在春风里的金色小雏菊呢。然后，她笑容可掬地帮我把伞放在门廊里，领我去了二楼。

那个短发女子依旧托着下巴看着窗外的雨。

窗外的雨照例不紧不慢地下着，朦朦胧胧，宛若梦幻。

淡淡的音乐轻轻地飘了过来，这是黑人爵士歌手 BILLIE HOLIDAY 的“WHEN A WOMAN LOVES A MAN”。

和一楼相比楼上显得有点狭窄，摆着三四张桌子。我看到两个高大的欧洲男人正在轻声聊天，他们面前各放着一杯咖啡，咖啡微微冒着热气。我们相互点了点头。是的，在上海的梅雨天气里，即使是陌生人见面，也总是让人感觉温暖的。

我选了靠窗的位置坐下。餐桌上铺着粉红相间的细格子桌布，窄窄的白色方瓷盘子里汪着一泓水，水面上漂着两朵乳白的白玉兰花，瞬间，我喜欢上了这儿。

我告诉小雏菊我的菜单：黑胡椒牛扒，香橙海鲜沙拉，清水。小雏菊用一支淡紫色的圆珠笔飞快地记下来，然后便轻盈地飞去楼下了。

伴着咖啡和白玉兰花混杂在一起的奇异气息，邻座男子的谈话无意中飘到我的耳朵里。

公司最近怎么样？栗色头发问。

那个蓝眼睛长长地叹了一口气，银行业竞争太激烈了。钱不好赚啊。

哦。栗色头发轻轻骂了一句，这鬼天气！

两个人沉默起来。

BILLIE HOLIDAY 仍然用低沉而磁性的声音忧伤地唱着。

灰蒙蒙的雨雾布满了整个窗玻璃，我用手指在玻璃上画了几个简笔小图画，透过这些小图画，我看见外面墙壁的藤萝在雨中愈发地神采奕奕。不远处的街道上，骑着三轮车的人披了一件鹅黄色的雨衣缓缓而过，车上装着满满一车翠绿的欧芹；一个老阿婆撑着一把深蓝色的雨伞坐在小板凳上，等着鞋匠快点把鞋给她修好，雨点在她的伞布上轻快地跳跃着；一对恋人嘻嘻哈哈地躲在一处房檐下避雨，并互相拂落对方脸上的雨水。是啊，梅雨天对于热恋中的人来说反而增添了不少情趣呢。

小雏菊端上我的菜，肥厚的牛扒上浇着浓郁的黑胡椒汁儿，一两滴汁儿微微流在白瓷盘子上，看上去很诱人，切一块放在嘴里，这块被黑胡椒汁儿浸透过，被牙齿细致咀嚼过的牛扒，就柔软地穿过喉咙了。

我正在享受上海梅雨季节的美食时，只见那个短发女子领着一个年轻的小伙子来到了楼上。小伙子有一双细长的眼睛，个子不高，是个典型的南方男子模样。

露西，你来一下。短发女子对小雏菊说，这位是来打工的大学生。

小伙子有些羞涩地对小雏菊点了点头。

短发女子说，在我们这儿工作，得有一个英文名字，你该叫什么呢？短发女子思索了两秒钟又说，这样吧，从现在开始你就叫汤姆。

短发女子的语气不容置疑，之后对那个小雏菊说，露西，汤姆交给你了，怎么做你教给他，说完就下了楼。

我看见汤姆的嘴唇嗫嚅了几下，他终于没说出什么。

好了，我该走了，我下楼时，那两个欧洲男人仍在聊着。

下了楼，那个短发女子依旧托着下巴看着窗外发呆，好像什么也没有发生，甚至不曾有过那样随意地，在上海的梅雨季节里给别人起过“汤姆”这个名字。

我撑着伞走到街上，雨仍在下着。我突然很想打个电话，但却不知道打给谁？于是，我继续独自一人慢慢地走在大上海的梅雨里。

洗澡的女人

很好！一切都正合我意：气味芬芳的更衣室，幽雅洁净的淋浴间，精致考究的洗浴用品，温度适中的桑拿浴房。如果这家高级的公共浴池里此时播放的背景音乐，是意大利作曲家托塞里那支忧伤的《叹息小夜曲》，那么对我来说，这将会是一次相当完美的洗澡过程。刚刚做完牛奶浴的我，躺在热气腾腾的桑拿浴房里心满意足地想。

事实上，我工作的单位里也有一个很不错的公共浴池，全天开放，职工完全免费。但是想想吧，如果和穿着名牌时装的女上司或女同事刚刚谈完“严肃”的工作问题，然后又见到大家各自赤身裸体，以各种奇怪的姿势冲洗自己身体的场面，我总是感觉到有些荒唐可笑。而且，那怎么能叫洗澡呢，也就是冲凉而已。

所以，除了每天在单位进行短暂的“免费冲凉”之外，我偶然还会来这家安静而私密的公共浴池洗洗澡，做做全身按摩或者牛奶浴，让自己紧张的神经彻底地放松一下。或许很多人都有同样的休息方式吧？特别是在这样炎热而粘腻的三伏天正午，舒舒服服酣畅淋漓地洗个澡，是件多么快乐的事情啊！

我站起来舒展了一下身体，透过桑拿浴房模模糊糊的玻璃门向淋浴间望去，淋浴间里这会儿空无一人，只见到一排悬挂在雪白瓷砖墙上，间或滴落几缕水流儿的钢质花洒；几个散落在浅蓝色斜纹大理石地面上的玉质坐墩；一盆高大茂盛，旁枝斜逸的仿真腊梅花和梳妆台上一藤筐包装精美的各色洗浴用品。所有的这一切，此刻全都静谧地笼罩在水雾之中，好似一幅“莫奈风格”的油画。

我深深地呼吸着桑拿浴房里散发出来的松木香气，打算继续享受桑拿浴带来的舒适。这时，一个身材瘦削的女人走进淋浴间。一个女人走进女淋浴间洗澡是一件相当普通的事情，不必大惊小怪。可是，此时站在桑拿浴房里的我，却莫名地感觉到那个女人哪里有点不对劲儿，究竟是哪里，我一时也说不清楚。

那个女人打开其中一个钢质花洒的开关，然后一动不动地站在花洒下面，任凭花洒喷出的水流冲落到自己身体上，她像是在思考着什么。

洗澡的时候，人们进行一些思考是很平常的事情。生活本身就是一个不断思考无聊的事情，然后再不断妥协的过程啊。比如说我，刚才就在认真思考：如果我买的彩票中了五百万，当然如果是二千五百万就更好了，那我该怎么花呢？是先买一幢“面朝大海春暖花开”的别墅住上呢，还是立刻弄一辆巨酷的越野吉普直奔乞力马扎罗山呢？这真让人头疼啊。

而那个安静地站在钢质花洒下面的女人此时在思考什么呢，我无从知道。当然，也许是我看错了，我自嘲地笑了笑。尽管如此，我却仍然奇怪地感觉到她哪里不对劲儿。

我擦干身上的水珠，走出桑拿浴房，全身的汗毛孔一下子缩紧起来。我一边慢慢地向那排钢质花洒那儿走着，一边用眼角的余光扫视着这个让我感觉奇怪的女人。这是一个看上去既优雅又严肃的年轻女人，她虽然瘦削，但身材高挑，皮肤很好，五官也很漂亮，气质像"总经理助理或者是部门主管"之类吧。她果然正紧紧地蹙着眉头若有所思，似乎完全沉浸在自己的世界里。

我走过去打开另一个钢质花洒的开关，水流"刷"的一声倾泻下来。漂亮女人对我的出现有些惊讶，但很快就恢复了平静，她稍微调整了一下自己站立的姿势，然后继续面无表情地站在花洒下面。我本想和她打个招呼，毕竟淋浴间里只有我们两个人。但她看上去并没有任何想和我寒暄的意思，哪怕只是简单地点个头，好像我根本就不存在！

我轻轻地挑了一下眉毛，心里暗想，漂亮的女人大都是有些高傲和冷漠的，还是敬而远之为好。钢质花洒喷出的温水仿佛无数细小的针尖儿打在我的身体上，然后顺着我的肌肤迅速滑落。

悠扬的轻音乐在淋浴间里若有似无地来回荡漾……

一瞬间，我恍然大悟！我终于确定这个漂亮女人哪里不对劲儿了，她穿着一条蚕丝织成的浅肉色内裤！一个穿着蚕丝织成的浅肉色内裤在洗澡的女人，这还真是难得一见。我本想立刻提醒她，但她那副拒人于千里之外的神情又让我有些犹豫。

转念一想，没准儿穿着内裤洗澡是这个漂亮女人一种独特而另类的习惯呢？人们也常常会有一些在外人看来简直是莫名其妙，甚至是匪夷所思的“个性行为”。

漂亮女人觉察到我在注视她，她有些恼火，狠狠地白了我一眼。这完全可以理解，任何女人在淋浴间里被别人这样“莫名”地注视，心里都会不舒服的。当然，如果对方是位高大英俊，温柔可亲，资产丰厚，并且会说一口地道法语，希腊语或者西班牙语的单身男人，这种注视或许会让女人心花怒放。但我这样一个普通女人的注视当然会让她感到恼羞成怒和不合时宜。换成我自己，应该也会如此。

尽管我此时非常理解漂亮女人的愠怒，但我也是有自尊心的人。我转过头，在身体上涂满气味芬芳、泡沫丰富的沐浴液。我彻底放弃了想提醒她的念头。暗想，人各有癖，还是不要理会吧。

炎热的三伏天正午，公共浴池淋浴间里的钢质花洒下，此时正分别站着两个年轻女人，一个是经常梦想彩票中大奖，但却从未中过超过五元钱的我，另一个是穿着蚕丝织成的浅肉色内裤，蹙着眉头陷在深深思索中的漂亮女人。钢质花洒里喷出的温暖水流，顺着我们的肌肤，洒落到浅蓝色的斜纹大理石地面上，溅起一丛丛白色的泡沫花。

十分钟过去了。

突然，漂亮女人惊叫一声："天！内裤没脱——"然后就跌跌撞撞地冲向更衣室。

……

我吓了一跳。

三分钟之后，漂亮女人回到淋浴间，当然，这次是一丝不挂。在公共女浴池里见到一丝不挂的女人实在是非常合情合理，又让人内心平静的事情。她终于和我一样了，我长长地吐了一口气。

"真是的，怎么忘了——"漂亮女人一改刚才的冷漠和严肃，嗫嚅地对我说。是啊，无论多么"强势"的女人或者男人，羞红了脸的神情总是讨人喜欢的。

"哦，天太热了，人的脑子容易那个什么——"我安慰她。

“但是，还是有点儿——”漂亮女人仍然不好意思。

“我还以为——”我笑着说。

于是，在荡漾着轻音乐的这家高级公共女浴池的钢质花洒下，我的“复杂思考”和漂亮女人的“沉重思考”，这会儿全都烟消云散。两个年轻女人“琐碎的家常对话”在这个炎热的三伏天正午愉快而轻松地展开了

……

春天里的萨克斯少年

我上初中时住在一幢破旧的，坐落在一条小街尽头的楼里。住在这幢楼里的，都是些普通的老百姓。因为是动迁楼，所以邻居们互相都认识。楼不高，共六层，每层有四户人家，楼道逼仄而狭窄，到处摆放着各家的杂物。

楼里时常传来各种声音。打麻将的声音；夫妻吵架厮打摔东西的声音；孩子哇哇大哭的声音；亲朋好友喝酒划拳的声音；谁家炒菜剁肉的声音，洗衣机呼呼作响的声音，以及你所能想到的，各种各样“过日子”的声音。

当然，楼里也会非常偶尔地传来乐器的声音，比如说二胡。不过这种声音不常出现，一年也就那么两三回。像三楼那个在暖瓶厂当采买员的中年男人就是这样，但他的二胡听起来让人昏昏欲睡，没精打采。也有人吹过笛子，那人一开始吹得很喜悦，但不到一星期，就不吹了。我们楼里倒有人买过钢琴，是五楼二号那家。

五楼二号这家的女主人是一家工厂内部简报的编辑，算是个知识分子。她有想把她的女儿培养成钢琴家的想法，尽管她女儿一点也不喜欢钢琴。但这不重要，重要的是她决定买钢琴！这个消息让邻居们欢欣鼓舞。大家觉得，要是这个楼里能出现个钢琴家，楼里的邻居可都能沾沾光了。

那段时间，几乎每个邻居见到五楼家的女人

都会问，钢琴买了吗？她就说，正选着呢。大家说，得好好选啊，钢琴可贵呢。她说，是啊，是啊。那天她终于说，买了，买了，明天送货。大家说，到时候我们去你家看看大钢琴。她说，来吧来吧，都来啊。

我现在想，大家的欣然，与其说是对钢琴和未来钢琴家快点到来的期待，倒不如说是对一种可以平衡生活压力的情怀的盼望，对一种奔放而自由的精神状态的情思，对拥有一种诗意而律动的浪漫生活的向往。

五楼家的大钢琴果然买来了，但生活真是常常让人哭笑不得，谁也没想到，在商场里看起来并不起眼的钢琴，实际上却那么巨大！送货的几个人拆掉了单元门，挺费劲地搬进了楼道。但转角上楼的时候，却怎么也上不去，更别说五楼了，这幢动迁老楼的楼道太狭窄了。

正是下班时间，楼上的人下不来，楼下的人上不去，乌泱泱地聚集了一大群人。听说过堵车，堵钢琴还是头一回。大家想了各种办法，热心帮忙，但，没用。

无奈之下，五楼二号家的女人只好把钢琴退掉了，她希望女儿成为钢琴家的梦想，也因为逼仄的楼道而破灭了，后来她只得给女儿买了架电子琴。你瞧，生活就是这样。

我的邻居们对于钢琴的离开也很失望，但没钢琴也得过日子啊，所以我们的日子继续在这幢没有音乐的破旧老楼里，柴米油盐鸡毛蒜皮地周而复始向前走着，从荼蘼花开走到秋水东去，从飞雪漫天走到绿柳垂髫。

这个春天的早晨，大家照例像往常一样忙碌着，洗菜啊，做饭啊，送孩子上学啊，电视里播放着世界上和这个国家里发生的新闻，还有一个评论员正揪着眉毛，表情深重而忧虑地评论着国际事件。

这时，楼里突然传来一阵萨克斯的旋律，那段旋律非常自然地荡漾在清晨的时光里。虽然吹萨克斯的人技巧并不熟练，可不知为什么，这旋律却让大家在清晨的忙碌中，停顿了一秒钟，感到有什么忧伤而澄净的东西流进心里了。晚上，萨克斯的声音又响起来，还是这段旋律。

连续几天，这段旋律都出现在楼道里，出现的时间非常固定：早晨五点半，晚上七点半，就是新闻联播之后。人们发现，萨克斯的声音是从六楼三号家传来的。六楼三号是夫妻俩，四十多岁，两人都在一家灯管厂上班。男的是当地人，女的是南方人。

吹萨克斯的就是女方的表外甥，一个十六岁的少年。这个少年刚刚从南方到哈尔滨来借读，这个春天暂时借住表姨家。我们忽然想起，楼里的确是多了一个生面孔：一个高高瘦瘦，额头宽阔，皮肤白皙，穿着肥大校服，背一个大书包的单眼皮男孩。

可你若非亲眼所见，你真的不能把这样一个弱弱的，沉默寡言的少年和萨克斯联系在一起。但不管怎样，少年的萨克斯成了继“未遂”的钢琴之后，第一个出现在这个楼里的西洋乐器，这使得这个小楼又有了一种“国际氛围”，一种深深的柔情，一种还是小女孩的我向往的东西。

我会在楼道里遇见这个少年，他也会对我点点头，笑笑。但我们不说话。少年吹萨克斯的时间非常准时，像闹钟一样，他的萨克斯曲一天不落地开始于清晨的五点半，晚上七点半——吹的基本都是同一首，就是《Moon River》，偶尔也会换首曲子，但大多数时间，还是《Moon River》。

给我感觉，少年并不想成为什么专业的萨克斯手，只想吹好这首《Moon River》，好像他喜欢上了某个女孩，想以后回到家乡时专门吹给女孩听，或是对那个女孩有什么关于萨克斯的承诺。当然，这只是我的猜测。但我很羡慕猜测中的那个女孩。羡慕之余，还有点难过。

少年的萨克斯吹得虽不“专业”，但却充满悠远的深情和澄净的孤独感，让生活在纷杂的现实世界中的成年人想起自己久已逝去的青涩岁月里那些“闪亮”的瞬间。所以，每当他吹萨克斯的时候，就是这个小楼居民最温柔的时刻，没有人家在这个时候大声喧哗或是吵架。

“坚持”的魅力不仅强大，而且极具感染力。少年的持之以恒带动了在暖瓶厂当采买员的三楼邻居，他拉二胡的次数频繁起来；没买成钢琴改成电子琴的五楼家的女儿也在萨克斯之余“梆梆梆”地弹一会；又有人吹起了笛子，也一定会有歌声从其他人家的窗户里飘出来。

我们这幢破旧的动迁楼成了一座充满音乐的轻盈而浪漫的小楼。少年的萨克斯唤醒了人们内心深处最柔软最天真的部分，让人们婆娑的内心世界变得澄净而辽阔。至少，在他吹萨克斯的那个春天的黎明和夜晚是这样。

渐渐的，小楼里的居民习惯于在少年的萨克斯伴奏中做早餐，做晚餐，打扫房间，辅导孩子写作业，或者在楼前烧烤，聊天，下棋，发呆——我也是。那个春天就是这样在萨克斯少年的吹奏中很柔缓，很悠扬地过去了，像一只晚霞中的红蜻蜓。

这一天清晨五点半，人们照例在等待少年的萨克斯响起，但没有，晚上也没有，连续几天都没有。

少年走了，带着他的萨克斯回南方老家了。

这之后，虽然三楼的采买员还会拉二胡，但没精打采的，好像他自己都很泄气；五楼家的女孩电子琴也不弹了；吹笛子的那人，一看就剩自己了，没几天，也不拉了，觉得没意思。也少有人唱歌了，这幢小楼又成了一幢没有音乐的楼。

很多很多年过去了，我早已搬离了那幢老楼。有一天，我走在街上，突然看到一个高高瘦瘦，额头宽阔，皮肤白皙，穿着肥大校服，背着一把萨克斯的单眼皮男孩从人群里走过，我一下子想起来那个萨克斯少年和那首《Moon River》。

是了，你猜得很对，那个春天里的萨克斯少年是我初次暗恋的男孩。

羞涩与梅花牌手表

我去瑞士之前，朋友们纷纷打来电话，请我帮忙捎带手表。在暗自得意自己是一个令人信任的人的同时，我又感到有些为难。因为，一来，我不是一个“头脑清晰，井井有条”的人，记忆力极差。他们那些不同品牌，不同价位，不同款式的手表让我倍感混乱；二来，我并非常驻瑞士，只是在那里旅行一周，行程很紧凑，并且多数时间都是驻足阿尔卑斯山区那些宁静的小镇里。因此，捎带手表一事便显得麻烦起来。但他们都是我的朋友，朋友的请求怎么好拒绝呢？所以，唉，好吧，好吧，答应吧。

我收拾行李那天是秋分，秋分意味着东北寒冷的天气就要到了。哈尔滨已经开始试供暖，用不了多久，就会下雪的。我一边收拾行李，一边正寻思着下雪的事，这时，门铃响了，一位阿姨站在我家门口。

这位阿姨是我的一位非常非常远的亲戚，平时很少来往。她今年六十岁，原来在一家火柴厂工作，是包装车间的女工。下岗后在一家饭店做保洁员，负责打扫那家饭店的卫生间和楼道。儿子三十二岁，在手机店卖手机，刚刚处了个女朋友，据说处得还不错。

阿姨拎着一袋橘子进了门，她喘着粗气说，我刚在菜市场买的，挺甜的，你吃吧。多吃水果对身体有好处。你看我，上个楼都这么费劲，就是水果吃得少。

我笑着接过那袋橘子，请她坐下。

阿姨和我闲聊了一会儿家常后，对我说，听说你要去瑞士玩了，啧啧，多好，现在这年轻人，我这辈子哪儿也没去过。

我剥了一个橘子递给阿姨，阿姨忙不迭地说，我不吃，你吃你吃，给你买的。

然后她沉默了几秒钟，神情羞涩起来，下定某种决心似的对我说，能给姨在瑞士捎块梅花牌手表吗？

梅花牌手表？

这真是一个非常遥远的手表品牌。我在哪儿听说过呢？哦，想起来了，在我妈妈和这位阿姨的年轻时代，流行的手表品牌就是梅花，英格和罗马。那时女性对于这三款手表的向往，不亚于今时女性对于欧米茄，劳力士或是卡地亚的钟情。

我说，可以，没问题。阿姨欢喜起来，表情也放松了许多。她拿出请别人打印出来的手表图片给我看。她说，她去商店看过了，她相中的那款梅花牌手表，打过折售价是六千多块钱，要是在瑞士应该能更便宜一些，五千应该可以吧？她看着我试探地问，能买下来吗？

我说，差不多吧，是您戴吗？

她说，对，我戴。我年轻那会儿，在厂子里上班，我们技术科有个技术员，南方人，长得可白了，梳两根大辫子，说话声，哎呀，可好听了。不像我，大嗓门。她就戴一块梅花牌手表。那时我就寻思，我啥时候也能戴块梅花牌手表呢？但咱条件不行，现在好点了，我想我再不戴，这辈子就过去了。另外，我儿子有对象了，结婚也就是眼前的事，这表我给儿媳妇。

她指着那张打印的手表图片问我，你觉得这样子行吗？老不老气？

我说，不老，很好看，我自己都想买了。

阿姨释然地说，那我就放心了，你知道现在年轻人的眼光，都挺那啥的，我怕儿子对象不喜欢。

我说，不会的。

阿姨说，碰着就买，碰不到就拉倒，不用特意地，好好玩，多拍点照片，去一趟不容易，注意安全。

我说，好的。

阿姨掂量着说，要是超过五千呢，也行，但也别，别太贵了。她的脸微微红了。

我心里突然有些难过，说，您放心，我懂的。

我们又聊了一会儿后，阿姨走了，临走时留下那一袋橘子和钱。那些钱叠得整整齐齐，用报纸裹着。我站在阳台上，看着她渐渐走远，看着一个曾经年轻的火柴厂女工走进东北秋分的阳光里。

……

我在瑞士帮朋友们买到了他们所要求的不同品牌的手表，一共八块，包括这位阿姨的梅花牌。为了这款梅花牌手表，我奔跑在苏黎世和日内瓦的各个钟表店里，我想，无论如何我也要买到这款手表。因为这款手表不仅含有一个女人对于美好事物一生的向往和期待，也含有长辈对于家族未来新成员的认同，托付和希望。

阿姨后来送我一坛子她腌的雪里蕻，她说，下大雪的时候和豆腐一起炖着吃，暖和。

据我所知，她从来没有戴过那款梅花牌手表，她舍不得。她把那表珍藏了起来，留给未来的儿媳妇。这款梅花牌手表里有她一生的福气，她虽然自己没有享受过这些福气，但她愿意积攒起来，把它们都送给这家新的，年轻的——女主人。

那款梅花牌手表是我所见过的，最漂亮，最温暖的一款手表。

真的，非常漂亮。

打舵！向左打！

我学开车这事与女小 C 有关。女小 C 是我在一次采访中偶然相识的人。不知何故，她坚持认为，我是一个“喜欢靠自己赚钱来养活自己”的具有“独立精神”的现代女性。在她看来，我既为现代女性，那么就一定过着与这个词语相匹配的现代生活。比如说，工作的时候雷厉风行嘁哧咔嚓；比如说，休闲的时候，我不是去伊豆泡温泉就是去普罗旺斯喝清晨的花草酒。再比如说，因为我是媒体中人，个人生活必然是花红柳绿，异彩纷呈。

女小 C 的“主观臆想”着实让我吃了一惊！我嘟嘟囔囔地小声辩解，我不是现代女性，也不是思想前卫的人。还有，我每天上班不是坐班车就是公共汽车，不买贵的东西，也没钱买。另外那什么，我还胆小，心里素质差，长得也不行……

女小 C 听完后哈哈大笑，说，你真幽默。但当她得知我还不会开车时，非常惊讶。我惭愧地告诉她，我是一个对“机器”和“方向”都不太敏感的人，所以也就没有想过要学开车。

“不试你怎么知道？！”女小 C 迅速抄起手机，给她一个开驾校的朋友打了电话，告诉那人带我明天去他那里学开车，学费六折！

尽管我立刻张口结舌，结结巴巴，坚称不去。

但局势很快就发展到我无法控制的地步，我像一个根本不想学游泳的人，被别人强行扔到大海里。我的学车生涯不得不拉开序幕。

说起来驾校真是个很有意思的地方。课堂上，百花齐放，百家争鸣；操场上，车来车往，险情不断。总之热闹极了。

理论课后，我恍然大悟，原来电子控制器才是 ABS 中的主要执行器；而化油器回火的原因是因为混合气过稀，啧啧，真是知识啊。

另外，如果你违反了道路交通信号灯，那可不得了，一次记 3 分！还有，车辆行驶中突然落入水中（怎么开水里去了呢?）别慌！车一落稳，马上开门游出！

要是汽车在陆地上翻车了怎么办呢？没事！告诉你，抓紧车内固定物！立即抓紧，立即抓紧！

……

理论课结束后，我成了汽车理论专家，尽管那些理论在实际驾驶中并没有起过什么作用。但我对纸上谈兵依旧非常着迷。

接来下的课程是移库。我们这一组有十个人，轮流开。十个人中有一半是利用假期学车的大学生，余下的包括一位六十岁的老阿姨，她的女儿在美国，拿到驾照，她就打算飞去美国帮女儿照顾小孩；

一个嘴唇猩红，形迹可疑，总是在接电话的女人；

一个在夜总会跳舞，身体柔韧性极强，经常在车里以各种高难度姿势向我们飞吻的小姑娘；

一个长得很筋道，在国贸城卖内衣的小媳妇(不是北京那样的国贸，这个国贸颇有大排档的意思，但也叫国贸，怎么能和那么高雅的地方重名呢？真是的)。

小媳妇特别喜欢向我讲述她如何“截获”她老公私房钱的事情，其中有几个方法真是奥妙无穷，充满智慧。最后，她总结说，就像那话说的，我的钱是我的钱，他的钱还是我的钱。是不是？我立刻坚定地回答，是！爱他才花他的钱呢！嗤，别人给咱们，咱们还不稀罕要呢！

……

我们的教练是男小 W，男小 W 中等个，肥胖，穿一身总像没洗干净的灰色制服，据说是驾校统一给做的。“妈的，就这破制服，还让我们一人交了一百块钱，什么玩意儿！剥削！”男小 W 话多，嘴损，但人不坏。总爱说自己最近身子虚，要休息。对于驾校与教练们“合资”做制服一事耿耿于怀，唠唠叨叨。他有事没事就和那个形迹可疑的女人打情骂俏。真没办法。

那天，当男小 W 又在车外和那女人眉来眼去的时候，我特标准地把车停下来，然后在那台破吉普车的驾驶室里，抻着脖子得意地冲他喊：喂，教练，看我这移库怎么样？这回合格了吧？男小W瞅瞅车轮，半死不活地说：挺好，就是开别人家车库里了……

尽管男小W总是一副没精打采的样子，但实际上却是一个相当敬业的人，对待我们几个“弱智”开车者，真是殚精竭虑，尽心尽力。在他没完没了的严厉训斥和气急败坏下，我们都顺利进入下一环节：实地驾驶。

一想到要到街上开车，虽然是人迹罕见的街道，我们还是很兴奋，包括那几个大学生，包括要去美国的老阿姨，包括在夜总会跳舞蹈的小姑娘，包括成功截获老公私房钱的小媳妇，包括形迹可疑的女人，包括经常自作聪明的我。没错，兴奋这东西与年龄，与性别，与职业，与道德都没关系。

驾校的车是手动挡的白色捷达。第一天下来，教练男小W就对我们大发雷霆。原因很简单，夜总会跳舞的小姑娘，刚一上车就呼地一下把油门一踩到底，虽然勇敢，但却属于“严重缺心眼一族”（教练男小W语）。

形迹可疑的女人开车不看前方，只盯着方向盘不说，还死死攥住方向盘不放，“好像方向盘是钱似的，舍不得啊？！”男小W鄙夷地说。

成功截获老公私房钱的小媳妇分不清油门和

刹车，老踩错。“告诉你一万遍了，油门是油门，刹车是刹车，你连油门和刹车都分不清，你还开什么车啊？你没长脑子啊！”男小W非常愤怒。“还有你，”男小W对我说：“笔直的大马路你非开成S型，你以为大街是你们家的，你想咋开就咋开啊？山路十八弯哪？！”

而要去美国的老阿姨在路上还没开过五分钟，就因为过分紧张，导致心脏病发作，不得不回家休养。

我们几个被男小W训斥得一塌糊涂。嘴唇猩红，形迹可疑的女人魅惑的眼风，也未能让男小W平静下来。接下来的日子，男小W对我们更加严厉，而且他还向校方申请，轮到我们几个的时候，会把我们从“人迹罕见”带到“荒无人烟”的地方练车。

就这样，我，形迹可疑的女人，夜总会跳舞的小姑娘，还有成功截获老公私房钱的小媳妇通通坐着男小W的白色捷达教练车来到“荒郊野岭”处。然后一个一个轮流开。男小W则坐在副驾驶上，表情严肃而牛皮，脚底下时刻踩着紧急刹车。

男小W的话越来越刻薄难听，虽然我们几个时刻有想扭断他脖子的想法，但终于还是克制住了。小媳妇渐渐知道，原来油门和刹车就和男人和女人一样，构成完全不同，弄错了容易出大事；

夜总会跳舞蹈的小姑娘也开始明白，其实开车就跟谈恋爱似的，要循序渐进，润物细无声；我也明白啥是直线了，总晃舵，能不开成 S 型吗？费油不说，真这么的就上道开，别的司机得骂死我；只有腥红嘴唇的女人还是开车不看前方，只看方向盘。这令男小 W 大为恼火。

这一天，形迹可疑的女人没有来，说是转到别的组里了。男小 W 看上去垂头丧气。我们问，你怎么了？男小 W 长叹一声，我被投诉了。

投诉？

就是那个嘴唇抹得血红的娘们投诉的我，男小 W 恨恨地说。

是女人，不是娘们，用词不当，我说，为什么？

说我摸她手了。

哎呀呀，不像话不像话，你可真不像话。我们仨异口同声地说。

哥，你为什么摸人家手啊？跳舞蹈的女孩脆生生地问。

看人家漂亮呗，小媳妇说，这还用问。

我们仨嘎嘎嘎地笑起来。男小 W 说，你们能不能严肃点，那女的你们也知道，一上车就死死赚着方向盘，说多少遍了，看前面看前面！她就不看，昨天差点开沟里了，我使劲喊，打舵，向左打！！她偏不打！多危险啊。我就想帮她打舵，这不就碰着手了嘛。

然后呢?

什么然后?！没有然后！

有可能是她爱上你了，她想用这种方法吸引你。我说。

是勾引，小媳妇说，我早看出来了，她一直想勾引你。

可我没摸，男小W相当委屈。

摸了就摸了，怕啥，男人嘛。小媳妇安慰他说，再说其实你心里也有这想法，我是过来人，我懂。

我真没有。

哥，没事！就在我们夜总会，这样的事可多了，有比你还严重的行为呢，正常！坐在后排的跳舞蹈的小姑娘，扒着驾驶席椅背歪着脑袋说。

你摸的是左手还是右手?

你不是总和人家眉来眼去的嘛。

你们私下见过面吧。

原来你喜欢传统型的，真的假的?

啧啧。

……

男小W无法招架我们。白色的捷达车载着愉快的笑声从荒郊野岭处悠然而过。远处，是很漂亮的夕阳。

自动挡！必须是自动挡！

在决定买台车的那一瞬间，我的心里泛起一丝悲伤的涟漪，产生了一种单身文艺女青年顾影自怜的情绪。我拧拧扯扯地在心里对自己说：我为什么要自己花钱买车啊？这应该是“老公”或是“我们两个”共同花钱的事啊！我为什么什么事都得靠自己啊？

但我马上又对自己说：太小家子气了你，自己花钱买台车就忧伤了？那你还能干点什么呢？就这么点魄力啊？看看那些在北京上海深圳香港巴黎纽约打拼的单身中国女性们，别说是用自己赚的钱买台车，就是买幢前庭院后泳池的大HOUSE眼睛都不眨一下，多酷！不就是一台预算在十万块钱左右的车吗，算啥呀？这价位说出来都不好意思。以后汽车就跟手机似的，谁都能买得起。再说现在都啥时代了，男女平等，同工同酬，懂吗？别磨叽了，能不能心胸开阔些！啥心理素质啊？别总弄些小女人的这事那事的，行不行?!

深刻的自责之后，我的大脑里出现一片湛蓝纯净的天空，天空中飘着几朵雪白绵软的云彩。一架最新型的客机从我的“大脑天空”里飞过，抛下几条彩色的带子，上面分别写着“人间正道是沧桑”，“好饭不怕晚”，“老天爷饿不死瞎家雀”，“结了婚也不代表就一定幸福”。比如说：

“Don’t try so hard, the best things come when you least expect them to.(不要着急，最好的总会在最不经意的时候出现)，还有 Victory won’t come to me unless I go to it.(胜利是不会向我走来的，我必须自己走向胜利）等等，五彩缤纷，非常绚丽。

先把简单问题复杂化，再迅速把复杂问题简单化是我的特长。解决了思想意识问题后，我开始对买车这事进入实际操作。先在网上看，后去车行看。看了几天之后，我彻底糊涂了。车的品牌太多了，买啥呀？特别是在买手动挡还是自动挡这个问题上，我急需帮助。于是，我想到了男小A。

男小A是我多年的好友，也是这座城市的有为青年，思想进步，作风严谨，情感专一，人生观极为积极健康，业余时间除了在家“数钱”以外，无其他任何怪异嗜好，特别是他对汽车有相当的研究。70后的男小A经过艰难的情感跋涉后，目前正在和一个22岁的小姑娘谈恋爱，听说谈得还行，挺浪漫。咋形容呢，就像那个词说的：琴瑟和谐，水乳交融。

我给男小A打了电话约他吃饭，男小A痛快地答应了。我们去了一家粤菜馆。粤菜馆装修得很南方，哪儿哪儿都是人造的翠竹，我在似有若无的广东音乐声中，走过这丛竹子，又走过那丛竹子，挺费劲地找到了男小A。一落座，我就急急地对男小A说：“是这么回事，A哥，今天约你，主要是我想买台车，想让你帮我参谋一下，你说，我是买手动挡的？还是自动挡的？”

呦？要买车了，好事啊。男小A因为“事业”的缘故，经常往返首都，口音难免有点皇城根的味道。他说，我也正要给我女朋友买台车呢。

哦，是吗？我突然有点泄气，心里想，我22岁的时候怎么没人死活要送我贵重的东西呢，比如说名车啥的。当时，对方不是送我一朵玫瑰，一条丝巾，就是一个蝴蝶结，一个木质的小工艺品啥的，回忆起来确实也挺美好。可是，人不能靠回忆活着啊，更不能靠情感杂志的“美好”活着啊。再说，你咋知道将来那22岁的姑娘回忆起自己的男朋友送给她名车，就不是美好回忆呢？非得是送便宜的礼物才是美好回忆？谁规定的！

我的心情沮丧起来，就在这时，一个女人出现在餐厅的镜子里，这个女人完全不具备被有钱人相中，并送她名贵礼物的姿色和智慧，我释然了——那个女人是我。

我继续对男小A说出我对车的困惑，主要纠结是，究竟是自动挡还是手动挡？男小A对我的困惑很不理解。在他眼里我好像是个“剑锋所指，所向披靡的人”，根本就不会存在困惑啊，无助啊，哭泣啊，六神无主这样的情绪。

男小A看着我的眼睛边寻思边说：还是手动挡吧，我觉得应当是手动挡，省油不说，就东北这冰雪路面，必须得用挡控制着——还有，你想想，你是电视导演，导演是什么人物，那必须得强硬，雷厉风行，嘁哧咔嚓！所以，手动挡非常适合你，有驾驭感。男小A一板一眼地说。

我犹豫地说：可是，开手动挡的车，我有点害怕，特别是坡路……

男小A说：不用害怕，勇敢点！

看着男小A充满鼓励和期待的目光，我的脑海里突然出现了一幅优美的画面，我仿佛父母那个时代的女卡车司机一样，迎着灿烂的朝阳，意气风发地驰骋在凹凸不平的金色田野上，期间不断咔咔换挡，帅气极了！我激动起来，豪迈地说：A哥，就这么定了，手动挡！

男小A说，就是，就是。然后他喝了一口茶，小心翼翼地问我：威威，个人问题最近咋样啊？

我内心非常复杂地回答，还那样，单着呢。

男小A一边看菜单，一边瞟着我一边谨慎地说，说实话哈，就你这人，其实挺不错的，就是咋说呢？你吧，真的，这是哥的肺腑之言，你别介意啊，你有时候就是，不太细腻，不太会揣摩男人的心思。男人说啥你都懂，好像你是百科全书似的。男人都有自尊心的是不是，你小鸟点不行吗？还有，你这脾气也得改改，东北女人这性格，都火爆。另外，老单着吧，容易让人背后议论，好像那啥似的，对不？不好。你得多展示你“女人”的一面。

我低下头，拧拧搭搭地绞着手里的餐巾纸，说：嗯。

为了尽快达到男小A对于我“要女人一点”的相关要求，我先是无限柔和地说：哥，我吃什么都行，你定，我不挑食。然后我又说：不用点那么多，吃不了浪费。

尽管我的胃口一直相当不错，但我还是这样表达了一下。然后，我又主动为男小A斟茶倒水。就餐期间，无论男小A说什么话题，我都表示不懂。其实我也是真没懂，但男小A却坚持认为，我是懂的。他说，和我你就不用这样了，我说的是你和别的男士在一起的时候。

我诚恳地说：A哥，我真没听懂。

男小A哈哈大笑：说，别闹了。

他这么说，我怎么办呢？我只好转移话题，我问：你和你女朋友怎么啊？

男小A说，挺好的，沉吟了一下，他继续说，就一个问题，她喜欢穿米奇青春装啥的，我觉得女人还得穿得那个，咋说呢，有女人味，性感点，是不是？就是身材吧，还得有曲线，对不？男小A一边说，一边用双手在空中比画出一个S型。

对了！男小A接着说，那孩子吧有一毛病，爱看动画片，真的，“特——爱”。男小A加重并拉长了“特”的发音。

我急急地说，那不是毛病，我也喜欢米奇青春装，我也愿意看动画片，小兔子米菲，鼹鼠的故事啥的，这和年龄没关系，主要是一种生活情趣，是不，哥？

你也愿意看动画片？男小A说：你不是说你愿意看《百年孤独》吗？男小A怀疑地看着我。

我说：也看动画片，你不知道我的理想是写动画片剧本吗？

噢，这样啊。那你们俩不是一个层次，你是想写剧本，她是不成熟，就一可爱小孩！不是一回事。男小A释然地说，她不像你，稳重又大方，还会做饭。她吧，啥啥都不懂，炒个鸡蛋都不会，遇到事就更不行了，没主意，总哭。男小A喜滋滋地，语气里充满幸福感。

我说，我也不行，遇到事也没主意，也哭。

你不同，男小A正色地说，你比她坚强，遇事不慌，真的，就这一点，我很佩服。

我忙不迭地说：也慌，也慌。

男小A乐了，说：你咋还闹呢，你还慌？认

识你以来，没见你失态过，我感觉你特聪明大气。

这事弄的，我心想，我究竟做了什么了，怎么给别人留下这样“坚毅”的印象？我心里叹了一口气，有点磕巴地说：A哥，你给那，那孩子买啥车啊？

就是新出的那款——我要给她买无级变速。

无级变速？

其实就是自动挡。

自动挡?！我说。

是啊，自动挡！必须是自动挡！女人哪能开手动挡呢，女人协调性不好，容易手忙脚乱。

你是说女人最好不要开手动挡？我小心翼翼地问。

那当然！你看大街上有几个女人开手动挡？除了女出租车司机，基本都是自动挡。再说让那孩子开手动挡，我也不能放心啊，我担心她的安全。沉浸在爱情中的男小A，完全不记得刚才向我推荐“手动挡”时那严谨又科学的态度。

敢情聊了这大半天，我不是“女人”!！我无比沮丧。

我想：我的人生咋这么悲哀呢。

我再也不柔弱了，就是男小A又说了什么我真不懂的话题，我也装做不仅懂，而且非常懂的样子，一二三地说出我的观点。男小A显然对我非常佩服，他说：啧，你真有才，啥事特有见解，这点，那孩子就不行。

晚餐后，男小A感冒了，可能是粤菜馆的空调开得有点大，啧啧，这身体，得锻炼啊。

而我，经过考虑，还是决定买手动挡的车，除去“女人”这个话题，男小A说得没错，就东北这冰雪路面，得用挡控制着。

但是，在付车钱的那一刹那，我这颗“坚强女性”的心还是碎得稀里哗啦的。又一架新型客机从我的“大脑天空”里飞过，扔下一条彩带，上面是句老话：冬天来了，春天还会远吗？

我又愉快起来。

这几天我正在“有证练车”。陪驾的教练脾气有点急，经常冲我大喊：换挡啊！瞅啥呢？！